前川佐美雄

Maekawa Samio

楠見朋彦

笠間書院

『前川佐美雄』——目次

凡　例

一、本書には、前川佐美雄の短歌四十七首を載せた。

一、本書は、個々の作品の解釈を通じて、昭和短歌史における前川佐美雄の生きた軌跡をたどるようにした。

一、本書は、次の項目からなる。「作品本文」「出典」「口語訳」「鑑賞」「脚注」「歌人略概観」「略年譜」「筆者解説」「読書案内」。

一、テキスト本文は、主として『前川佐美雄全集』に拠る。ふりがなもテキストのまま、表記した。

一、鑑賞は、基本的には一首につき見開き二ページを当てたが、重要な作には特に四ページを当てたものがある。

一、前川佐美雄の「歌集」一四点については「解説」末、一一六ページに紹介した。

前川佐美雄

01

やまやまをめぐらして大和国内(やまとくにぬち)の雪の白きをさびしみ生くる

【出典】歌集『春の日』(昭和十八年〈一九四三〉一月)

ここは大和。山山に囲まれたこの土地に私は生まれ育った。冬季、この銀世界をおいて他に私の生きる場所はない。

新しい明治の歌人たちは、各々背負って立つものを持っていた。雪深い山であったり、荒れた大地であったり、江戸時代から変わらぬような鄙(ひな)びた寒村の風景であったり、背景はそれぞれだが、いずれもおおらかで厳しい自然の懐での生活という経験が屋台骨となっていた。みな、青年らしく、都会、それも大東京を目指すのだが、そこで郷里との距離が生じ、創作を生み出す契機となる。

＊1 「心の花」—明治三十一(一八九八)年、佐佐木信綱創刊。「ひろく、深く、おのがじしに」の理念を掲げる。

山川のひびきを断ちし白雲のみさかひの上に身のかすかなる
この真昼暗き御堂に誰か来て緋(ひ)の雛芥子(ひなげし)をささげ去(い)にけり
雨あがり路傍(ろばう)の野薔薇の露にほはせ女(をんな)の赤い蝙蝠傘(かうもり)とほる
この菊はどこやらで見し解剖室のあの心臓の血汐色(ちしほいろ)に咲けり

前川佐美雄は明治三十六（一九〇三）年二月五日、奈良県南葛城郡忍海(おしみ)村の旧家に長男として生まれた。早くから絵と短歌に関心を持ち、大正十年（数え十九・満十八歳）の春、親類が会員であった縁もあり「心の花」*1に入会、短歌に真剣に取り組み始めた。初めに角鷗東に見出されたが、上京してからは新井洸(あきら)の薫陶を受けた（『短歌随感』）。大正十年春から昭和二年三月までの作を収める『春の日』がまとめられたのは遅かったが（昭和十八年発行）、「僕の一番純粋な気持から歌つた時代のもの」と後年回想されている。同人間での評判はよく、「アララギ」の土屋文明*2には手厳しく批判された。本人は大きな影響を受けた歌人として、島木赤彦*3、木下利玄*4、中村憲吉*5の名をまず挙げる。斎藤茂吉*6には「割合に影響せられず」と書いているが、引用歌の「緋・赤」は、家族詠や落ち着いた自然詠の集中、ひときわ印象に残る色調である。

＊2　土屋文明―「アララギ」の指導的歌人。歌集『山下水』他。（一八九〇―一九九〇）。昭和二年のほぼ一年を通して、「心の花」と「アララギ」を舞台に「模倣論争」が繰り広げられる。文明が佐美雄作品のオリジナリティに疑問を呈し、図式的には守旧派と革新派が対立する。篠弘著『近代短歌論争史　昭和篇』に詳しい。

＊3　島木赤彦―大正期「アララギ」の中心的存在。『太虚集(たいきょ)』他。（一八七六―一九二六）

＊4　木下利玄―「心の花」同人。「白樺」「日光」にも参加。（一八八六―一九二五）

＊5　中村憲吉―「アララギ」同人。『林泉集』他。（一八八九―一九三四）

＊6　斎藤茂吉―『赤光』『あらたま』『たかはら』『白き山』他。（一八八二―一九五三）

02

かなしみを締めあげることに人間のちからを尽して夜もねむれず

【出典】歌集『植物祭』（昭和五年〈一九三〇〉七月）

古都の懐において文学を志す。何を歌わねばならないかはわかっているが、容易にはいかない。悲しみを締め上げるように、夜通し言葉を絞ってはいても。

気質というものがある。夢や志がどうであれ、体格や気質が個人をあるていど形づくる面がある。前川佐美雄の写真は、一度見ると忘れない。細面で大きめの黒縁眼鏡[*1]をかけている。すらりとして一見神経質そうだが、面倒見がよさそうな構えの大きさも感じ取れる。好き嫌いは激しそうだ。巻頭歌である掲出歌には、早くも作者の気質が出ている。若く、気ぐらい高く、己をたのむ力強さがある一方、ともすれば気鬱になり、落胆し、涙を流す。

*1　黒縁眼鏡―眼鏡かけしはわれ十一の夏にして両眼の度もことなりゐたる（『大和』）

どんな場面でも共通するのは、情緒の豊かさ、真面目さと、気高さである。

　年古りてひかりかぐろき太柱この家にして生きざるべからず
　母屋には母ひとりなり離座敷には我ひとりなり昼のしづかさ
　自らの掌に見入るとき底ひ知らぬ深きさびしさのあれ出でむとす
　暮らしむきにつゆかかはりもなき学に年すこし経て悔あらむとす
　五月雨の水田の畔のゆふあかり小作ねぎらひて帰るかなしさ
　持山を見まはりかへり夕べなり我の雪袴は凍りつきをる

　右六首は『春の日』より。関わりの多くある家に育ち、気苦労が絶えなかった。二十四歳の年、親族が没落、父が連帯保証人となったことで状況は一変、奈良市坊屋敷の母の実家に一家は移り住んだ。佐美雄はすぐに単身再上京、佐佐木信綱[*2]の好意により「心の花」の編集にも携わった。前年から斎藤瀏[*3]、山下陸奥[*4]、五島茂[*5]と前川の四人で合評を始めていた。おおいに勉強し、意気を上げた。「その頃が一番たのしかつた」と佐美雄は後年回想している（『短歌随感』）。時あたかも、大正から昭和へ改元した年のことである。

*2　佐佐木信綱―伊勢石薬師生まれ。歌人。歌学者。「心の花」創刊。（一八七二―一九六三）

*3　斎藤瀏―長野県生まれ。昭和十一（一九三六）年、軍人として二・二六事件に関係し入獄、「心の花」を辞して昭和十四年「短歌人」創刊。（一八七九―一九五三）

*4　山下陸奥―広島県生まれ。「心の花」に入会したが、のち独立し「一路」を主宰。（一八九五―一九六七）

*5　五島茂―東京生まれ。歌人。経済学者。「心の花」「アララギ」を経て、短歌革新の歌論を発表。後に「立春」創刊。（一九〇〇―二〇〇三）

03

何んといふ深いつぶやきをもらしをる闇の夜の底の大寺院なり

【出典】歌集『植物祭』(昭和五年〈一九三〇〉七月)

日が暮れると、奈良の大伽藍も闇に包まれる。よく耳を澄ませると、寺院は大きく呼吸をしているようだ。もろもろの歴史をまるで呟くかのような気配を感じ取れる。

歌人の揺籃(ようらん)期、幼少期から見ていこう。幼い日には、袴をつけ『論語』を読んだ。畝傍飛鳥(うねびあすか)を越え、多武(たぶ)に登った。十歳のころ、お宮の無患子(むくろじ)[*1]によじ登ってすべり落ち、失神した。十七歳、倦んだ車窓に真っ白な富士を見た。二十歳まえには、母に諌(いさ)められて鳥撃ちを諦めた。そういったことが、佐美雄の歌自体から(後年の歌集の歌から)読み取れる。そういうおおらかで利発に成長した青年歌人を包みこむ大和の土地柄の大きさ深さが、掲出歌にう

*1 無患子―落葉高木。高さ一五メートル以上になる。

*2 蛇の強烈なイメージには、フランスの詩人ボードレールに耽溺していた詩人大手拓次(一八八七―一九三四)の作品が連想される

*3 正確には、まず当時新しい動きであったモダニズ

かがえる。大和に育まれた感受性は、都会暮らしを始めたとき、過敏に作用するようになる。さびしさもあれば、不安、怯え、孤独感もある。それぞれが共鳴しあって、倍増することもあった。

室なかにけむりの如くただよへるわが身の影は摑むこともならず

夭(わか)く死ぬこころがいまも湧いてきぬ薔薇のにほひがどこからかする

*2 深夜(しんや)ふと目覚めてみたる鏡の底にまつさをな蛇が身をうねりをる

いつの時代も、若さは変革を求める。二十八歳で上梓した『植物祭』は、再上京した大正十五(一九二六)年九月から昭和三(一九二八)年十月までの作品を集める。制作順に読んでいくと、初学時からの激変に驚くが、ここには、あらゆる芸術思潮をわがものとするため格闘していた痕跡が露わである。『短歌革命』、『プロレタリア短歌集』(発売禁止)、『短歌前衛』、『新興歌人』など、息の合いそうな歌人と連盟・同盟を組んだり、機関紙の発刊、参加、分裂、脱会、解散とめまぐるしい日々を送った。*3 それにしては、作品に群れている感覚は強くない。代々の地主で農林業を営んできた旧家の長男が、都市へ出て社会批判をするときに自己矛盾に陥り、己の感情を掘り下げるほうに重点をうつしたともとれる。

ム短歌、次いでプロレタリア短歌に参画した。一九二八年九月、筏井嘉一、坪野哲久、五島茂らと短歌革新を目指し新興歌人連盟を結成すると、多くの進歩的歌人が参加したが、まとまらず十二月に解散した。前川佐美雄はこの後プロレタリア短歌と絶縁してモダニズムに専念した。その軌跡は三枝昂之著『前川佐美雄』に詳しい。社会主義革命を理論的背景とし、労働者の自覚と思想を詠ったのがプロレタリア短歌(あぶれた仲間が今日もうづくまつてゐる永代橋は頑固に出来てゐら　坪野哲久)。ヨーロッパの前衛的な芸術運動の影響を受けて文学の革新を目指したのがモダニズム短歌(定住の家をもたねば朝に夜にシシリイの薔薇やマジョルカの花　斎藤史)。

04

顔やからだにレモンの露をぬたくつてすつぱりとした夏の朝なり

【出典】歌集『植物祭』（昭和五年〈一九三〇〉七月）

夏の朝。顔といわず背といわず、絞ったレモンを塗りたくると、さっぱりとして気分がいい。気持ちのよいレモンの夏。君もやってごらん。夏の朝のレモン。

即座に梶井基次郎[*1]の「檸檬」が連想されるだろう。「雲と少女」と題された一連の一首目。気鬱が減じると、朗らかに行動的になる。そんな一時の、衝動的な行為でもあった。新しいものへの興味、感受性は鋭く、シネマ（映画）への関心も高かった。

カンガルの大好きな少女が今日も来てカンガルは如何如何（いかがいかが）かと聞く

ヒヤシンスの蕾もつ鉢をゆすぶつてはやく春になれはや春になれ

*1 梶井基次郎―大阪市生まれ。小説家。（一九〇一―一九三二）

*2 石川信雄―埼玉県生まれ。昭和五（一九三〇）年、筏井嘉一らと「エスプリ」創刊。翌年の「短歌作品」創刊から「カメレオン」「日

今の世にチヤツプリンといふ男ゐてわれをこよなく喜ばすなり

佐佐木信綱の序文を得て『植物祭』を発刊した昭和五（一九三〇）年、渡欧計画があったものの年末に腸チフスに罹患し、病院で越年。処女歌集は置き土産のつもりであったのだが、渡欧はかなわなかった。翌年、石川信雄[2]、木俣修[3]、斎藤史[4]（ふみ）らと『短歌作品』を創刊するなど、創作意欲は衰えない。

歌集発刊の二年後に、父が永眠した。佐美雄は奈良に帰住し、以後関西が拠点となる。『短歌作品』を『カメレオン』と改題、その同人たちと、とにかく関西を中心として「歌壇に奮然と働きかける有力な機関が一つぐらゐあつてもよささうだと思つて計画」。「菊」「鷲」という候補名があったが、「日本歌人」がよかろうという流れになり「ニッポンカジン」発刊となった（『短歌随感』外　抄）。表紙はアポリネール[5]のカリグラム。歌人はもとより春山行夫、小林秀雄、竹中郁、堀口大学ら詩人、批評家の寄稿を得た豪華な執筆陣であった。ヨーロッパを見ぬまま、いにしえの都より、西欧に見劣りのせぬ作品を世に送り出そうと意気込んでいた。

本歌人」にも参加する。歌集は『シネマ』『太白光』のみだが、戦後、外国文学の紹介もしていた。（一九〇八—一九六四）

*3　木俣修—滋賀県生まれ。昭和十年、北原白秋の「多磨」創刊に参加。二十八年「形成」主宰。戦後連載の「昭和短歌史」において、後出の「新風十人」の評価は高くない。（一九〇六—一九八三）

*4　斎藤史—長野県生まれ。父は斎藤瀏。「魚歌」「秋天瑠璃」他。（一九〇九—二〇〇二）

*5　アポリネール—フランスの詩人、作家。立体派（キュビスム）の理論的指導者としてピカソらと共に前衛芸術運動を展開。シュルレアリスムの語を初めて用いた。『カリグラム』とは単語を絵のように並べた「形象詩」。（一八八〇—一九一八）

05

一傘（いっさん）の樹陰（じゅいん）にわがねるまつぴるま野の蝶群れて奇（く）しき夢を舞ふ

【出典】歌集『植物祭』（昭和五年〈一九三〇〉七月）

大きく枝葉を繁らせた樹陰に午睡をしていると、蝶が群れ集って舞う、舞うているのは蝶なのか己を包む世界なのかわからなくなるほどに。

おおらかなようで繊細。なよなよしているようにも見えるし、ふてぶてしくもある。矛盾する要素を一身に体現する。そんな特長が早くもみられる一首である。

[*1]こほりゐる湖（うみ）におり行くまつぴるま何処（いづく）を見ても我等のみなる

[*2]絶えまなく薔薇の行列過ぎゆけば眼（め）くらむばかり真（ま）つ昼間（ぴるま）なれ

「真昼（真昼間）」は佐美雄が好む語彙の一つ。闇の対極にある時間だが、

*1 『春の日』（一九四三年）臼井書房収載
*2 『大和』（一九四〇年）甲鳥書林収載

ぬばたまの闇と同じく、さえぎるもののない光の中には魔が潜む。凍った湖を前にした静寂。薔薇園であろうか、とめどなく見える薔薇の渦に目がくらむ時間。明るすぎる白昼は、かえって白日夢につながることもある。明るさは、どこかで―というよりもその延長線上で―寺院が深い呟きをもらすとこしえの闇に直結しているのである。ちなみに斎藤茂吉の『あらたま』にある、「十方（じっぽう）に真（ま）ぴるまなれ七面（しちめん）の鳥（とり）はじけむばかり膨（ふく）れけるかも」という一首は大正三年の作。どこかで響きあっているかもしれない。

真赤なる鶏頭の花が咲いてゐてうるさく赤し宇治までの道[*3]

野べに出てそこらの冬を見て歩くおんなじことを今日もしてゐる

天井を逆（さか）しまにあるいてゐるやうな頸（くび）のだるさを今日もおぼゆる[*4]

うつくしき鏡のなかに息もせず住みをるならばいかにたのしき

口語を用いた歌は、『春の日』にもみられたが、『植物祭』で全面的に試される。重力に逆らって歩むようなだるさ、鏡の世界に棲む幻想―白日の魔は、江戸川乱歩[*5]の小説や夢野久作[*6]の短歌作品に相通じる。

この頃は外来語も積極的に取り入れていた。曰く、マンモス、アミイバア（アメーバ）、モンゴオル（モンゴル）…。

＊3　『春の日』収載

＊4　『植物祭』収載

＊5　江戸川乱歩―三重県生まれ。小説家。（一八九四―一九六五）

＊6　夢野久作―福岡県生まれ。小説家。「鏡地獄」「ドグラ・マグラ」他。（一八八九―一九三六）

口語調の歌で幾分気分が上がり調子に思えるもの何首かを挙げておこう。

おもひでは白のシーツの上にある貝殻のやうには鳴り出でぬなり

幾千の鹿がしづかに生きてゐる森のちかくに住まふたのしさ

丸き家三角の家などの入りまじるむちやくちやの世が今に来るべし

この壁をトレドの緋いろで塗りつぶす考へだけは昨日にかはらぬ

この虫も永遠とかいふところまで行つちまひたさうに這ひ急ぎをる

ひとの顔に泥なげうつて君たちはかくれた世界でなにをするのか

形式を壊すような、口語を用いた歌は、明治末年頃から試行がある。先述した新興短歌は、変革のために自ずと伝統的な形式を壊す方向性が強かったが、佐美雄の場合、字余りであっても、定型はあくまでも順守していた。定型を強く意識したうえでの破調であり、これが今日でも読むに堪える作品として残った大きな理由である。[*7]

五歳年下の石川信雄の第一歌集『シネマ』が昭和十一（一九三六）年に出版されたとき、前川佐美雄は、もっと早く出るはずの歌集だったがようやく日の目を見、幾多の感慨があると序文を寄せ、次のような歌を挙げ称揚している。

*7　口語を用いて短歌を書く試みは早くは明治三十年代にみられるが、概ね定型はくずさないで書く「口語定型歌」であった。大正期後半に、自由な用語と三十一音の形式を破った自由形式の短歌が提唱される流れ

パイプをばピストルのごとく覗ふとき白き鳩の一羽地に舞ひおちぬ
ま夜なかのバスひとつないくらやみが何故かどうしても突きぬけられぬ
生命（いのち）さへ断ちてゆかなければならぬときうつくしき野も手にのせて見る

一首目は、子供っぽい遊びではある。そんな遊戯性にこそ、比喩の、詩の奥義が隠されていることをほのめかす。ごく初期の、単純なトリックを用いた映画（映像表現）を連想させるし、稲垣足穂[*8]の『一千一秒物語』にも通じる表現である。二首目は、佐美雄もしばしば書いている都会の静かすぎる闇に恐怖を感じる歌。三首目は青年らしい切羽詰まった感情を捉える。それまでと違う視覚、感覚を得るロマンティックな気分ともいえようか。

『シネマ』発刊の頃、石川は文藝春秋社に勤め、日中戦争中は応召して四年以上大陸にいた。現地除隊の後、土屋文明・加藤楸邨[*9]の中国歴訪に同行、終戦は通信部隊長として千葉で迎えた。『シネマ』時代とはうって変わったリアリズム主軸の第二歌集『太白光』を昭和二十九（一九五四）年刊行。生涯の歌集はこの二冊のみ。文学の夢を見続けた佐美雄と、現実の労役を背負った信雄、両人それぞれの変貌は、短歌史ではあまり語られてこなかった。

の中、大正十五年一月、全国口語歌人大会が開かれ「新短歌協会」が結成された。ところが、定型でいくのか、非定型をとるのかで意見が分かれ、数年のうちに再分裂していった。定型擁護派に西村陽吉、青山霞村、服部嘉香ら、非定型派に土田杏村、石原純らがいる。

*8　稲垣足穂―大阪生まれ。小説家。「チョコレット」「弥勒」他。（一九〇〇―一九七七）

*9　加藤楸邨―東京生まれ。俳人。「寒雷」「山脈」他。（一九〇五―一九九三）

06

いますぐに君はこの街に放火せよその焔(ひ)の何んとうつくしからむ

【出典】歌集『植物祭』[*1]（昭和五年〈一九三〇〉七月）

所在ない。なすことがない。もしあるとすれば、この退屈な街区に火を放つことだ。業火の中で君は生が何であるかを知るだろう。

石川信雄の『シネマ』でも歌われるアポリネールは第一次世界大戦で頭部を負傷したフランスの詩人であるが、戦後恐慌以来、震災恐慌、金融恐慌、昭和恐慌とその後の日本は慢性的な不況に喘いでいた。

死ね死ねといふ不思議なるあざけりの声が夕べはどこからかする

押入に爆薬もなにもかくさねどゆふべとなればひとりおびゆる

不安でたまらないわれの背後(うしろ)からおもたい靴音がいつまでもする

*1 『植物祭』は戦後二年目に増補改訂版が出ている。収録歌は、574首から705首へと増補されているのに、この一首を含む五首が削除された。当時の日本は占領下で、表現の自由は制限されていた。戦争、強盗、放火という内容を憚ったと

背後(うしろ)からおほきなる手がのびてくるまつ暗になつて壁につかまる
野の草がみな目玉もちて見るゆゑにとても独(ひとり)で此処にをられぬ
若葉して世はどことなくたのしきに皆飛びおりよ飛びおりよかし（『白鳳』）

佐美雄は石川啄木の「ぢつと手を見る」の「手」や「壁」の歌[2]を大いに評価している。四首目の「大きな手」の比喩は卓抜であり、強烈だ。文脈は違うが北原白秋の「手」の歌[3]も想起される。さらに時代を横断した連想をすると、チェコのパペット・アニメーション作家イジー・トルンカの遺作も、密室の主人公を追い詰める大きな「手」であった。戦争、その災禍をもたらす権力、人間の負の力を表すのに、大きな手以上にふさわしいイメージがあるだろうか。「放火せよ」「飛びおりよ」という煽りは、遠くマリネッティの[4]「未来派宣言」にも呼応し、孤立した人間の闇の部分がときに暴走することを暗示している。言語表現によって、暴走しては困ると逆に抑止しているのだ。聖書にある、魔に憑かれた豚の群か、開高健[5]の『パニック』の群か、カミュ[6]の『ペスト』に狂乱する鼠か、村上春樹[7]の長編小説に出没する影のような邪悪な力かは問わず、闇が集団化すれば、歯止めが利かなくなる。[8]

思われる。

＊2　石川啄木―（一八八六―一九一二）「灯影なき室に我あり父と母壁のなかより杖つきて出づ」

＊3　北原白秋―（一八八五―一九四二）「大きなる手があらはれて昼深し上から卵をつかみけるかも」『雀の卵』

＊4　「未来派宣言」―一九〇九年の宣言に始まる未来主義。科学文明を信奉する前衛芸術運動。

＊5　開高健―大阪市生まれ。小説家。（一九三〇―一九八九）

＊6　アルベール・カミュ―フランスの小説家、批評家。（一九一三―一九六〇）

＊7　村上春樹―京都市生まれ。小説家。「ねじまき鳥クロニクル」他。（一九四九―）

＊8　同時代的に影響を受けたものとしては他に、ジャン・コクトー、吉田一穂『故園の書』等が挙げられる。

07

野にかへり野に爬虫類をやしなふはつひに復讐にそなへむがため

【出典】歌集『白鳳』（昭和十六年〈一九四一〉七月）

蜥蜴のように素早く、蛇のように執念深く。都心を離れて野に雌伏するのは、いつか大方を見返してやるためなのだ。

前川佐美雄の魅力の源泉として、日本史・文化史の時代区分を標題にしていることは大きいはずだ。『大和』、『白鳳』続いて『天平雲』。[*1] ただし、結社の機関紙や短歌総合誌で発表されているものを、歌集としてまとめるのにかなり時間差があることにも注意したい。『白鳳』は昭和十六（一九四一）年七月刊行、対米英開戦まで半年もないという時期である。中身は、昭和五（一九三〇）年春から昭和十（一九三五）年までの作品を収めているから、『植物祭』以降五年間の作であり、狭義での「戦時中」の歌ではない。[*2]

＊1　美術史研究において「白鳳時代」が設定されたのは明治時代に日本美術史の研究が始められた早い時期。近年はこれまでの「飛鳥時代」を「飛鳥時代前期」、「白鳳時代」を「飛鳥時代後期」とする傾向が強くなっている。従来、白鳳

白い室の白いベットに眼がさめて忘れはてたる青空をさがす
いよいよに身体（からだ）が白く透きとほりあでやかな空の鳥らを映（うつ）す
絶望をしてゐる時にしてあそぶ積木の家なり人に見するな
北方（ほっぽう）の鷲みたいな飢ゑがせまり来るがちがちとこの嵐のなかを

東京では多くの人と交わり、盛り場に出入りし、おおいに議論を戦わせた。昼夜逆転した気ままな生活で、その分、消耗し、神経過敏気味でもあった。青空を見失い、純白の部屋に目覚め、体も透明になってしまったかのような、疎外感と虚脱感に陥ると、積み木ででも遊ぶしかない。迫りくる飢えとは、個人的な飢えというよりも飢饉のような大きな危機の到来を予感し、慄（おのの）いているようだ。制作時期とすり合わせると、処女歌集刊行後に洋行を計画していたものの、腸チフスのため入院生活を余儀なくされた鬱屈を読みとることができる。なお、東京時代に、人間関係において相当いやな経験をしたであろうことが後年の歌から察しられるが、掲出歌の「復讐」を、個人への復讐と狭くとらえないほうがよい。戦後間なしにまとめた『短歌随感』の後記において、佐美雄は、過去二十余年の間、「歌壇の党争に大事な青春の日の大部分を消費」してしまったと嘆く。

の仏像として著名なのは中宮寺の半跏思惟像（一般的には弥勒菩薩像とされ、寺では如意輪観音像と伝える）や法隆寺の夢違観音像。（『仏像の顔―形と表情をよむ』清水眞澄　岩波新書　二〇一三）

＊2　十五年戦争という観点では、昭和六（一九三一）年の満州事変から昭和二十（一九四五）年までが戦中ということになる。日本は昭和八（一九三三）年に国際連盟を脱退、昭和十二（一九三七）年には日中戦争に突入する。後にみるように、前川佐美雄が戦時の時局詠へ傾く一大契機は、昭和十六（一九四一）年十二月の太平洋戦争（当時の呼称は大東亜戦争）以降になる。

08

植物はいよいよ白くなりはててもはや百年野にひとを見ず

【出典】歌集『白鳳』（昭和十六年〈一九四一〉七月）

野に出て思索をする。植物は末枯（うらが）れていよいよ生気を失っていくが、それは自分も同様。まるで百年も独りでこうしているようだ。

頭が重くからだがだるい午後、日本的な一切に嫌悪感を抱く。こういう気持ちはすぐに舶来品や外来語への志向へ転じるだろう。湿っぽいもの、情緒的なもの、草木ですら繊細すぎて神経を参らせてしまう。時間を、百年、という単位でざっくり切り取る。少しは気が晴れるだろう。といって、漢詩や俳句の世界へ踏みこむということもない。百年ではまだ短すぎる。「白鳳」の芸術を想起すると、標題にふさわしい柔和で自由な感性が感じ取れる。

＊1 『植物祭』収載。

　*1 体力のおとろへきつてる昼ごろは日本(にほん)の植物がみな厭(いや)になる
　胸のうちいちど空(から)にしてあの青き水仙の葉をつめこみてみたし
　*2 室なかが緑(みどり)の花にみちしかばいよいよ死ぬるわれと思ひき

己が透き通るほどに文学に打ちこんでいた時期。まだ植物の色彩を感じるときは、これらの歌のように詠んでいた。傷んだ心身が植物に癒される、というよりも植物と非常に親和するほど疲弊している状態――時代を超えて、海外ではボリス・ヴィアン*3の『日々の泡』に通底する着想である。

　これからは人並(ひとなみ)に我も生くるゆゑ美しき喧嘩もやめねばならぬ
　五百年野良に住みゐる身にあれば雨の降る日にもわが影を認(し)る
　われひとり鋭い星らに取りまかれ夜中の野良にもうぺしやんこなり

「おとろへきつてる」「もうぺしやんこ」といった口語の使い方が印象的な歌も残るが、発想は五句三十一音を強く意識している。つまり、定型詩としての短歌の強みをよくのみこんだうえでの崩し方となっている。前田夕暮*4のように定型から大きく口語化し、また時間をおいて定型へ戻った歌人もいる。前川佐美雄の場合は、『春の日』から読みたどれば、あくまでも定型順守の歌人であったといえる。

*2　『白鳳』収載
*3　ボリス・ヴィアン―フランスの作家。戦後、パリのサン＝ジェルマン＝デ＝プレで活躍。『日々の泡（うたかたの日々）』（一九四七）には肺の中に睡蓮のひらく奇病が出てくる。（一九二〇―一九五九）。植物祭とは「近年日本でも四月の三日に催されてゐる」「文化的なお祭りの一つ」であった（『植物祭』後記）。『植物祭』では、「仮説の生死」と題して、草花のにおいを室内にこもらせ、一九二七年のドイツ映画「妖花アラウネ」を詠んでいる。「いよいよに身体(からだ)うつくしく白くなり五月の終(をは)りまで生きてをりたし」という一首も。
*4　前田夕暮―歌集『陰影』『生くる日に』『虹』他。（一八八三―一九五一）

09

うまれた日は野も山もふかい霞にて母のすがたが見られなかつた

【出典】歌集『白鳳』（昭和十六年〈一九四一〉七月）

国のまほろば、大和に春が訪れ、野も山もふかい霞に沈んでいる。このしずもりの中で私も生まれたのだった、当時もやはり変わらぬ霞の春であった。[*1] そうでしょう、母よ。

一読して、忘れがたい歌である。名文の条件が、誰にでもわかる言葉で、自分にしか書けないことを書くことだとすれば、名歌についてはどうか。誰でもわかる言葉で、ほかの人は思いつかない発想で歌う、とひとまず言えるだろう。口語短歌のひとつの方向性と成果として、より平易な言葉で幅広い詠草を可能にしたという長所が挙げられるだろう。

＊1　正確には明治三十六（一九〇三）年二月五日立春。一面の菜の花だったという歌もあり（三十五頁参照）、想像の中で春立つさまを大らかに膨らませている。

母親の生家は奈良で、僧衣のみを扱う呉服商を営んでいた。前川家に嫁ぐ頃には明治の廃仏毀釈の影響で家業は傾いていたと、前川佐美雄は書いている（「母をしのぶ」『短歌随感』[2]外　抄）。はじめに女児を産んだが、すぐに亡くなった。療養のためにと四国参りをしたのが功を奏したのか、身体が丈夫になって佐美雄を産んだ。もともと[3]蒲柳（ほりゅう）の質で、再び病気をし、六、七年間病院暮らしをしていた。時折は自宅に戻りもしたけれど、佐美雄は「小学校へ入るころまで母は家にいないものと思っていた」。そして常に「恋しかった」。妹、弟ができたあとも、ひときわ自分をかわいがってくれた。無口な父も、長男を大事にしてくれた。母には、たった一度だけの機会を除いて、ついぞ怒られたことがなかった。[4]かなりちやほやされたせいか、「それが私を意気地なしにし、なまけものにしてしまったのである」と回想される。

　掲出歌は「恢(回)復期」と題された一連に続く「誕生日」の一首目。「恢復期」と「誕生日」から一首ずつ引く。

　　何んといふ遠い景色を眺めゐるああ何も見えぬ何んにも見えぬ

　　山山にかこまれた狭い空のもとに生みおとされてあがきはじめた

＊2　『短歌随感』外　抄――『短歌随感』以外の随想の選抄、全集三巻に拠る。

＊3　蒲柳の質――ひよわなこと。

＊4　「諫（いさ）められ母にいはれて鳥撃ちを思ひとどめき十九なりしか」（『白木黒木』）

10 道道（みちみち）に宝石の眼（め）がかくれゐて朝ゆふにわれの足きよくせり

【出典】歌集『白鳳』（昭和十六年〈一九四一〉七月）

> 私だけが知っている秘密。草葉におく露は宝石のように貴い。朝まだきも夕暮れも、そぞろ歩きの足取りは軽やかになる。

「洪水」という標題の一連より。アルチュール・ランボー[*1]の詩「大洪水後」（『イリュミナシオン』）を踏まえる。小林秀雄[*2]訳（タイトルは『飾画』）では、大洪水の記憶も漸く落ち着いた頃、兎が一羽、蜘蛛の巣を透かして虹にお祈りをあげた、という詩行に続いて、「あゝ、人目を避けた数々の宝石、――はや眼ある様々の花」と訳される一行が参考になる。花がひらき露にぬれてきらきらと辺りを眺めるというイメージを、眼のある花、と表現した。詩の

*1 アルチュール・ランボー――フランスの詩人。早熟で詩作の期間は短いが、象徴詩の「見者」として二〇世紀の詩に深い影響を及ぼす。『地獄の季節』『イリュミナシオン』。（一八五四―一八九一）

*2 小林秀雄――東京生ま

最後でも、「隠れた宝石、ひらいた花」と書かれる。大洪水は、既存のものをすべて破壊し奪い去ってしまう。聖書をもとにした、すべてを仕切りなおすという隠喩でもあり、次の引用歌では、過去を振り返らず常に前進するという新進歌人らしい気焔をはいている。季節の間に死滅してゆくひとたち、どこに無傷の心があるだろう、[*3]というのもランボーの詩の文句（「別れ」『地獄の季節』、「幸福」）を踏まえる。

　みづからを省るなく秋に入りぬすでに洪水は三たび四たびせり

　季節季節に死にゆくひとより逃れゐていまはやさしく冬に向ひぬ

　山越えてあをく冷たき道なればわが眼おそるる宝石のむれ

　[*4]ゆく春は獣すらも鳴き叫ぶどこに無傷のこころあるならむ

　太陽はあるひは深く簷に照りわがかなしみのときわかたずも

『大和』の二首目は、伊東静雄[*5]（対面は数度に過ぎなかったらしい）の詩「わがひとに与ふる哀歌」の言葉を援用していると思われる（「太陽は美しく輝き／あるひは　太陽の美しく輝くことを希ひ／手をかたくくみあはせ／しづかに私たちは歩いて行つた」）。

れ。評論家。「無常といふ事」他。（一九〇二―一九八三）

＊3　中原中也（一九〇七―一九三七）の訳詩「季節が流れる、城寨が見える、／無疵な魂なぞ何処にあらう？」はよく知られているが、もとは小林秀雄が「季節が流れる、城砦が見える。／無疵な魂が何処にある。」と訳していた。後に改稿され中也訳が有名となる。（中原中也訳『ランボオ詩集』岩波文庫　二〇一三）

＊4　『大和』収載

＊5　伊東静雄―長崎県生まれ。詩人。「コギト」「日本浪曼派」同人。詩集「わがひとに与ふる哀歌」「夏花」他。（一九〇六―一九五三）

11

ゆく秋のわが身せつなく儚くて樹に登りゆさゆさ紅葉散らす

【出典】歌集『大和』(昭和十五年〈一九四〇〉八月)

切ない切ない切ない。いっそのこと秋を早く送ってしまおうと、樹によじ登って紅葉を散らしてはみるのだけれど。

棒[*1]ふつて藪椿の花を落としゐるまつたく神はどこにもをらぬ
今日もまた朝となり雨戸を開けてゐるやりきれないやりきれないやりきれない
眼の底に黄菊がしよぼしよぼ瞬いて今日家のなかが暗く冷たい
四季おりおりの感慨を歌にこめる。都会で神経衰弱のようになっていた時期を離れて養生する。歌われるのは人間と獣。時に、不思議な感覚にもつな

*1 『白鳳』収載

がってゆく。『白鳳』からさらに引用する。

日のやうに光のやうに水のやうに流れのやうに明日(あす)の日のやうに

シネマハウスに入りびたりゐれば眩(まぶ)しくも春日に涙ながれてやまず

モンゴオルの原始にむいてはばたくは鷲のごときわがいのちならむ

海鼠(なまこ)さへうすむらさきに眠りゆく暮春(ぼしゅん)のころはいつそ海鼠に

海外へ向けて心が羽ばたく幻想や、海鼠への共感、とでもいうようなユニークな発想の歌には、正岡子規[*2]という先蹤(せんしょう)がある。海鼠という不思議な生き物への関心は、どういうところで共通していたのか。心身が不如意な時に、一種の羨望もこめて詠むのだろうか。ただし、『日本歌人』は初期においても、戦後復刊してからも、子規門の伊藤左千夫や島木赤彦らアララギ派[*3]の「写実」とは一線を引き、むしろ対極を目指していたのだから、表現の系統樹を俯瞰してみると面白いものである。なお、佐美雄は初学時、赤彦にも多く学んだというのははじめに書いた通りだが、その歌人の人生について、もう少し長生して自然体になっていればよかったのではないか、と後年感想を漏らしている。

*2 正岡子規―松山市生まれ。俳句は主として「寒山落木」、短歌は死後に「竹の里歌」にまとめられた。「無為にして海鼠一万八千歳」「足たたば北インヂャのヒマラヤのエヴェレストなる雪くはましを」(一八六七―一九〇二)

*3 伊藤左千夫の没後、「アララギ」の中心となっていた島木赤彦が亡くなったのは大正十五(一九二六)年三月のこと。欧州留学から帰国した斎藤茂吉が牽引役となって昭和初年の短歌論争が展開してゆくのだが、それは、前川佐美雄がさまざまな短歌運動の離散集合の渦中にあるころである。

12

野いばらの咲き匂ふ土のまがなしく生きものは皆そこを動くな

【出典】歌集『大和』（昭和十五年〈一九四〇〉八月）

再び野へ。野いばらの匂う辺りへ出たなら、さあ、もう何者も動くことはゆるさない、ただただこの哀しさを黙って噛みしめよ。

命令形が印象的な一首である。哀しさの度合いが甚だしい。だから、じっとしていろ、これ以上余計な動きを感情につけ加えるなという。そこには、どうにもならない、どうにもできないという、投げやりのような、自棄のような気分も含まれていよう。

風吹いて桜花(あうくわ)のさつと散り乱るはやどうとでもわがなりくされ
六茶九茶に冬日照り込む家のうちアルミニユームの罐叩きけり

秋の真昼のねむりより覚めぬ庭の上に白い茸がくるくる舞ひゐる
或る日われ道歩きゐれば埃立ち(ほこり)がらがらと遠き街くづれたり
ゆふ風に萩むらの萩咲き出せばわがたましひの通りみち見ゆ
悪事さへ身に染(そ)みつかぬ悲しさを曼珠沙華咲きて雨に打たるる

作者は三十代中盤にさしかかり、『植物祭』ほどの焦燥感はないが、気怠さと投げやりな気分が加味されて線の太い表現となっている。群れ咲く萩に魂の道を見るのは、頭脳が冴え切っている頃合いの歌であろう。

歌集刊行の順序がややこしいので、少し整理をしておく。『大和』収録作は『白鳳』以降昭和十四(一九三九)年八月まで。刊行は『白鳳』より一年ほど早かった。今日では、制作順に、順番に歌集をまとめていくのが常道であるが、以前はそうとは限らず、こういうずれは歌集ではよくあることだった。『白鳳』『大和』が出るまでに、現実では昭和十一年、二・二六事件[*1]があり、親交のあった斎藤瀏が検挙されたことに衝撃をうけている。斎藤史は瀏の娘で、瀏の紹介により「短歌作品」同人となったのだった。昭和十六(一九四一)年八月には『日本歌人』が発売禁止処分を受ける。一書によれば、歌の配列が不敬罪に当たるという理由で咎められたらしい。[*2]

*1　二・二六事件―陸軍皇道派青年将校が起こしたクーデター事件。政府は翌日戒厳令を公布、二九日反乱は天皇の命令で鎮圧された。

*2　小高根(おだかね)二郎(じろう)著『歌の鬼前川佐美雄』による。歌集『積日』の後記では、「当局の無理無法なる弾圧によって余儀なく廃刊を強ひられてしまったのであるが、それらを今更取り上げてみても仕方がない」と書かれる。

13

春がすみいよよ濃くなる真昼間のなにも見えねば大和と思へ

【出典】歌集『大和』（昭和十五年〈一九四〇〉八月）

春のただ中にいると、霞がいよいよ濃くなってくる。ふるさとに居てふるさとは遥かに、見えるものはすべてはるかすみ。ここここそ大和、いにしえからの都よ。

歌集を代表する、よく知られた歌であるが、読み方に工夫を要するところがある。12番の歌であれば、「動くな」の語が命令であるのは明らかだが、動詞によっては、已然形と命令形の区別をつけにくいことがある。例えば「思ふ（おもう・もう）」という、文語文法でいうハ行四段活用の動詞は、「おもは（ず）・思ひ（、）・思ふ（。）・思ふ・思へ・思へ」と活用する。現代の話し言葉のように、何か明確な物事を思う、というのとは違って、心をあれこれと働かせ、さまざまな感情が胸のうちを去来するという和歌以来の蓄積のうえに成り立つ言葉である。「考える」のは主知的で、「思う」のはより感情的といえる。そして、「思う」ときの、その意味内容を強調するとき、係助詞の「こそ」を前に置いて、「思へ」という已然形で受ける。いわゆる係り結びの法則である。「こそ」がなく、「思へ」と詠まれていれば、形だけを見れば命令形と取れる。ここまではややこしい話ではない。

ところが、近代短歌ではしばしば、係り助詞の「こそ」が省略されて、動詞や助動詞が已然形で締められていることがある。一、二例を示す。

白玉（しらたま）の歯にしみとほる秋の夜（よ）の酒はしづかに飲むべかりけれ　若山牧水[*1]

鳳仙花城（しろ）あとに散り散りたまる夕（ゆふ）かたまけて忍び逢ひたれ　斎藤茂吉

古くは、万葉集の長歌にも「こそ」を省略した動詞の已然形が認められる。已然形のままで条件を表す古い用法であり、断止ではなく、例えば「来たれ」の場合「来たれば」の意となる。最新の訓読と解説によると結句での用法は「異例」であるとされる。万葉集の三十一音の歌においては、大抵「忘れめや」などと疑問ないし反語の意味の係助詞を伴って感情を表すよう訓み下されている。「已然形＋や」の用法をとらず、「（こそ）を省略した已然形」を明治

＊1　若山牧水—宮崎県生まれ。「海の声」「別離」他。（一八八五—一九二八）

以降の歌人が好んだ理由は定かでないが、一首一首に即して鑑賞するしかなく、今のところ決まった学説はないようである。「や」にしても、詠嘆や呼びかけの場合は間投助詞、疑問・反語の意味があれば係助詞となるが、疑問か反語かの識別は文脈によるしかないのである。茂吉『赤光』の一首では、言いさしのような切れ方が「忍び逢い」の後ろめたさを表しているようだ。牧水の一首は『路上』収録の形で、現在知られる「飲むべかりけり」に後年改められた。もとは「べし」の連用形+「けり」の已然形で、理由は不明であるが、書き改めているというところに、已然形の語末用例の特殊さの一端が表れている。

さて、前川佐美雄である。佐美雄は割合にこの詠み方を気に入っていた。『春の日』からみてみよう。

かへり来てあきらめがたき身と思へ父母(ちちはは)の前にゐずまひを正す

この頃の夜冷え切なれ生き死にの思ひの外(ほか)に我はおもはむ

寒天(かんてん)の野にほろびたるいのち思へあはれむぐらの如く伏しにき

一首目は、帰郷し、うなだれる場面であろう。夢を諦めきれない、と自分に言い聞かせている。二首目は、異例さがわかりやすい用例。通常は「切なり」

と収めるところを、已然形にしている。思い詰めた夜だからこそ、冷えが切なのだ、との強意が読みとれる。三首目も、一首目に似たニュアンス。鬱屈した心情において、自分に言い聞かせるような重みがある。

*2 万緑(ばんりょく)のなかに独(ひと)りのおのれゐてうらがなし鳥のゆくみちを思(も)へ

*3 寒き夜は日野(ひの)の御寺(みてら)の壁の画(ゑ)の濃きくれなゐの飛天もおもへ

一首目は鳥のゆく道を思え、という命令であろうが、それは万象のただ中で孤独に打ちひしがれている自分自身へ言い聞かせているのである。それだから自分への命令といえばいえる。ただ、単に思えよと命じるよりも、文語定型詩の短歌として「道をこそ思へ」と読みとったほうが深みと陰影が生じる。こんな寒い夜だからこそ、壁画の燃えるようなくれないを想うことだよ、と詠じる二首目についても同様である。*4

掲出歌に戻ると、春の大和、そこかしこ霞に覆われる春の大和のただ中にいて、何も見えないからこそ、その大きな存在と悠久の時間を一身で受け止める、これこそがわが郷里大和の春なのだよ、と全身で詠じているさまが伝わってくる。

*2 『大和』収載。第16歌参照。

*3 『天平雲』収載

*4 ただし、『大和』には「こそ＋連体形」、「ぞ＋已然形」の用例がみられ、いささかの混乱はある。『春の日』では通常の用い方をしているので、敢えてくずしていると取れる。

14 春の夜にわが思ふなりわかき日のからくれなゐや悲しかりける

【出典】歌集『大和』（昭和十五年〈一九四〇〉八月）

春夜、一人にして思う、過ぎた華やかな日日、若気の至りを。紅蓮の火は残影となって心中に揺らいでいるものを。

無為（むゐ）にして今日をあはれと思へども麦稈（むぎわら）焚けば音立ちにける

若き日を回想し、無為を憂うる。老成した詠みようであるが、結婚もし、近づいてきた不惑（四十歳）という年齢を意識している。若気の至りを回想することすらが板につくほど貫禄がついていた、という捉え方もできる。この一首では「や」は連体形の「ける」に受けられて係り結びが成立し、語調を強めている。

「長安に男児あり、二十歳にして心已に朽つ」と書いた唐代の「鬼才」李賀や、

＊1 吉井勇—歌人、劇作家、詩人。『酒ほがひ』『人間経』他。（一八八六—一九六〇）。勇に

二十代で「老いぬれば」と詠んだ鎌倉幕府三代将軍・源実朝（および彼を主人公にした太宰治の「右大臣実朝」）の例を出すまでもなく、ひとは二十歳前後でも「老いた」と感じ、それを率直に表現することは文学史の上では珍しくない。頽齢と実作が一致した老いの歌とは、例えば（戦後、昭和三十年代の作になるが）次のようなものであろう。

老き（おい）たるわが人生の段階もいまややうやく終らむとして　吉井 勇[*1]
夜ふかく机のまへに坐りゐてかなしくなりぬ虚無の思ひに

昭和十五年[*2]は名歌集が多く出た年であった。『大和』の前月には『新風十人』が刊行されている。筏井嘉一、五島美代子、斎藤史、佐藤佐太郎、坪野哲久ら十人による合同歌集である。

前川佐美雄は十五章百三十五首を発表した。歌歴二十年になんなんとするが、「目下修行の最中にあるので、大体いつでも無理のしどほし」と謙遜する。短歌史のうえで、現代短歌の区切りを、どこから始めるかという議論がある。第二次世界大戦後の、前衛短歌に求める説がわかりやすいけれども、この『新風十人』をもって現代短歌の起点とする説も、戦争終盤の五年をはさんで複雑だとはいえ、村上一郎[*3]、菱川善夫[*4]らによりしばしば再検討されている。

師事し、「日本歌人」でも活躍した歌人に、大伴道子がいる。

＊2　坪野哲久『桜』、佐藤佐太郎『歩道』、斎藤史『魚歌』、筏井嘉一『荒栲』、北原白秋『黒檜』、土岐善麿『六月』、会津八一『鹿鳴集』、川田順『鷲』、斎藤茂吉『寒雲』『暁紅』。『新風十人』の歌人は他に、加藤将之、館山一子、常見千香夫、福田栄一。

＊3　村上一郎―思想家、文芸評論家。「無名鬼」創刊。現代短歌に積極的な提言をした。（一九二〇―一九七五）

＊4　菱川善夫―評論家。風巻景次郎に師事。一九五四年「敗北の抒情」により「短歌研究」の新人評論賞。前衛短歌運動においては、自立した評論で実作者と並走した欠かせない存在。（一九二九―二〇〇七）

15

肉体のおとろふる日もわが夢の濃(こ)く虹のごとく輝(て)れよと思ひぬ

【出典】歌集『大和』（昭和十五年〈一九四〇〉八月）

何事もうつろうてゆく。己の退潮はせめて虹のように美しくあって欲しい。歌も虹のようにはかないが、あくまでも典雅であって欲しいと願う。

「前川佐美雄のまなざしは烈しい。以前は、よく見ると、その大きな白眼勝ちの眼に、二、三本、青い血管が高く浮いてゐたのを思ひ出す。今は、よく見ない。

彼は、タキシイド風の折襟服を着る。彼は背が高い」

石川信雄は、『植物祭』の同時代評で右のように人物を描写していた（『石川信雄著作集』二〇一七）。その時から、十年。

＊『新風十人』『大和』が刊行されるに先立って、「日本歌人」に「新古典主義の方向」を発表。歌は「抒情詩でなければならぬ」、その本義にかなっていた「明星」が続かなかったことをよく省み、「キュビズム、ダダ、超現実主義」といっ

掲出歌にも、「若き日のからくれなゐ」のように、老成したところがみられる。とはいえ、読みとるべきは老いのテーマではないだろう。病気がちであれば、若くてもこのような気持ちは持ち得る。何か契機があって、何事も変化するものだという気分が、濃厚となったのだろう。そうして、言葉も同じように変化するのであれば、美しく変われればいい。肉体がうつろうのであれば、年齢や身の丈に応じた、無理のないかたちで変化すればいいのに。と同時に、芸術*はあくまでも生活の糧や結果ではなく、芯にある精神は高潔で不変であってほしいという願いが付随している。

夜となれば水凍（みづこほ）る谷の風もやみひひらぎのやうなわが母のこゑ

六月の梅雨の豪雨に狂ほしくなき父の血がわれにたぎり出づ

遠き日の朝がたなりし菜の花の一面に咲けばわれも生（うま）れけむ

真昼間の霞いよいよ濃くなりてむせぶがごとく独（ひとり）なりけり

昭和十二（一九三七）年には日中戦争が勃発している。以後、二年毎に、第二次世界大戦、太平洋戦争が起こる。『新風十人』『大和』の刊行された年、日独伊三国同盟が締結。結婚や出産もあったからか、この段階では、世界の情勢よりも自分の心身を詠うことを専らにしている。

たあらゆる「文学の業火に身をさらして来た」という。そういう道を通過しなければ「真の意味の現代歌人ではない」。その上で古典に学び、新しい秩序が成立しはじめたのだとする。また、「短歌の正道について」では、「だいたい今日の歌人は、文学に於ける虚実といふことを知らない」「元来歌といふものは現実の中にはないものである」と重要な言葉を綴っている。「歌ははかないもの、たよりないものでいいのである」そう「であればこそ、他の文学や芸術でやれぬことがやれたのである」「歌が無用のものであることをもう一度考へるべきだ」――これらの言葉には、前川佐美雄という歌人の芯が語られており、また今日においてすら、何度も玩味に値する。

16

万緑[*]のなかに独りのおのれゐてうらがなし鳥のゆくみちを思（も）へ

【出典】歌集『大和』（昭和十五年〈一九四〇〉八月）

万緑に圧倒されている我がいる。到底あらがえない、無力を感じる。鳥たちは、風の道から自由であろうか。

前川佐美雄の全歌集を通して、『大和』を最高峰に挙げる歌人は多い。『植物祭』の神経質なまでの繊細さからは離れているし、定型の威力をみせつける『天平雲』を経て戦中の熱狂に至る前段階にあたる、比較的落ち着いて作品を練り上げられた時期である。とはいえ、孤独のテーマが繰り返される。悲哀を通して、心が透明になるときがある。そんな折は、冴えた感覚、澄んだ瞳が優れた作品を生み出している。

＊「万緑」の語は、王安石の「万緑叢中紅一点」の一節。同時代の俳人、中村草田男（一九〇一―一九八三）が採った「万緑の中や吾子の歯生え初むる」（『火の鳥』昭和十四・一九三九年）という句が高名となり、「万緑」は夏の季語として定着する。

冬ぞらは藍青（らんじやう）のひかり澄みゐればうつそ身の視力磨（みが）きあげらる

夜の底に燃えくるめける赤き火をわが身ひとつに清（すが）しみたるも

千年（せんねん）のよはひをかさねて松も青しすでにいつしか鶴飼ひにける

掲出歌は、道をこそ思へ、という強く念じる調子で詠まれている。己に言い聞かせるという意味で、命令の口調でもあるだろう。強意と命令両ながらのニュアンスを含む、単純に散文化できない短歌独特の用例といえる。

母となる日はいつならむわが妻に夜霧に濡るる草花見しむ

山あひに遠く見えたる海の色かつてひとたびも父と旅行かず

人間のいのちといふもはかなくて夜明に過ぎしひとひらの夢

この時期の、家族を詠んだ歌も見落とせない。懐妊した妻を思いやり、父を想う。すべてが順調なわけではなかった。三首目は、生後五日目に亡くなった長女の死を悼んでいる。朝（あした）にひらいて夕べには閉じる槿（むくげ）の花、大韮（おおにら）の葉に置く露、ひとひらの花弁、風のまえの塵。言い尽くされてきたことだが、人一人の命というものはなんとはかないものか。古来、文学で言い尽くされてきた言葉や一節と、自分の人生体験が重なった瞬間である。

17

あかあかと紅葉(もみぢ)を焚きぬいにしへは三千の威儀おこなはれけむ

【出典】歌集『天平雲』（昭和十七年〈一九四二〉三月）

くれないの炎に紅葉をくべていると、よみがえってくるようだ、計り知れぬほど厳かな儀式の数数が。

落ち葉焚きの光景だが、背景に荘厳な歴史絵巻の拡げられるような凄みがある。「ぬ」は完了の、「けむ」は過去を推量する助動詞。火と、紅葉の「紅」があかあかと爆ぜる。都会生活で顕著であった恐れや不安は後退している。正面切って時代と向き合う姿勢ではなく、想像力を通して歴史に参画しようとするかのよう。鋭敏な神経は、現実の鋭角や鋭い断面を捉える。同じ落ち葉焚きでも、次の一首目などは実景に即して小ぢんまりとしてみえる。また、

＊1　管主と親しかったこともあってか、薬師寺とその文物を特に愛していた様子が随筆から伝わる。同寺の吉祥天画像について、「さすがは天平である。しかもはなはだ近代的、これほどの美女図はめったにない」と評す（『大和まほろばの

「あか」と「あを」の歌の取り合わせは、奈良の枕詞であった「青丹よし」を背後に響かせる（二、三首目は『大和』より）。

　一生を棒にふりしにあらざれどあな盛んなる紅葉（もみぢ）と言はむ

　あかあかと硝子戸照らす夕べなり鋭（するど）きものはいのちあぶなし

　あをあをと我を取りまく夕野原針はしきりに草に蔵（しま）はる

『天平雲』は昭和十七（一九四二）年三月発刊。[*1]『大和』の終わりから昭和十六年七月に至る満二年の作を収める。矢継ぎ早に旧作をまとめにかかっていたのが、ようやく創作の最前線に歌集が追いついてきた感じである。はじめの百余首は『新風十人』からの再録、合計七百首を数える大著である。機関誌廃刊当月までの作を収めるのだが、歌誌作りは実は自分には向いていない、摩耗が甚だしいと後記で告白している。そういう反省のため、四カ月ほどは一作ものしなかった。

　昭和十六年八月、「日本歌人」は発禁処分となったが、創作家として完全に沈黙を余儀なくされていたわけではなかった。日本浪曼派の保田与重郎[*2]や、亀井勝一郎と親交を深めたり、他誌の顧問となって同人に作品発表の場を提供したりしている。

記』）。また、歌集標題を、仏教による鎮護国家を意識させる「天平」とせず、その時代の美術の特徴を捉えた「天平雲」としたところに、戦時下においても芸術を尊重する意思が示されている。天平時代の著名なものは、薬師寺の薬師三尊像、法隆寺金堂壁画（昭和二十四年焼失）、唐招提寺の千手観音像、興福寺阿修羅像など。

＊2　保田与重郎―奈良桜井市出身の評論家。反近代主義の立場で民族の美意識を説く。「日本浪曼派」「コギト」創刊。（一九一〇―一九八一）。佐美雄の選歌集『くれなゐ』（昭和十四年）は与重郎企画の新ぐろりあ叢書の第一冊。昭和三十四年に出た角川文庫『前川佐美雄歌集』の解説は亀井勝一郎（評論家、一九〇七―一九六六）。

18

をさなごの眼の見えそむる冬にして天あをき日をわが涙垂る

【出典】歌集『天平雲』（昭和十七年〈一九四二〉三月）

冬となって、幼子の眼が見え始めた。その目に映れと、空も青青と晴れ渡っている。明るい時間に、自らも涙を注ぐことだ。

夕虹は明るかりけり抱きあげてわが子に見しむ初めて見しむ

前川佐美雄には相聞[*1]らしい歌が、あまりみられない。私を直接に作品にしないという態度、また、日常の写実ではないという態度の表れともいえる。結婚の経緯、出会いなどは歌集をたどっていてもほとんどわからない。

昭和十二（一九三七）年六月、三十五歳で結婚した。相手の女性は兵庫県尼崎市出身の「日本歌人」同人で、二十一歳から佐美雄に師事、結婚はその三

＊1　相聞―親しい者が心のうちを述べあう歌。『万葉集』以来多くは男女の間で交わされる。

年後のことである（後の歌人前川緑[*2]）。翌年長女が誕生したが五日で死亡。昭和十四年六月に、次女が誕生した。その生育をやさしく見守っている父親の目線で歌が詠まれる。

佐美雄は、自分の名について、とにかく若々しく「いつまでも年をとらない名前なのだ」、と自認している（「私の名前」『短歌随感』外　抄）。子供の頃は女みたいだとからかわれたり、ミサオと呼ばれたりしたのにも閉口したが、上級生の女子からサミオさんと優しく呼ばれるのが一番恥ずかしかった。女性の教師にサミオさんと親しみをこめて呼ばれると、それだけはごめん願いたいと背を縮ませたとか。倭建の「さ身なしにあはれ[*3]」、つまり「さみ」とは真剣に他ならないと、酔うた川田順に刃向かったという逸話も残る。

　冬の日に菜の花活（い）けてゐる妻よきららなる思ひしばしとてよき

　わが子育つるすべも知らずに雨の日を大木（たいぼく）の杉あふぎてゐたり

　敵機ひとつ来（きた）るなき日本の秋にして生けるさきはひをかへりみむとす

家に、作品に、「妻子（つまこ）のにほひ」が満ちてきた。三首目（昭和十四年）では敵機の襲来せぬ秋に生きる実感を噛みしめている。束の間の平穏であった。

*2　前川緑―昭和二十七（一九五二）年、第一歌集『みどり抄』。昭和五十（一九七五）年、第二歌集『麦穂』。出会いの頃と思われる歌に、「野も空も暗い緑のかげらへる景色みるごと君を見はじむ」。（一九一三―一九九七）

*3　「さ身なしにあはれ」―『古事記』中巻景行天皇の代、倭建が出雲を平定するに際し、偽りの太刀を作って敵と交換し、相手を討った挿話を踏まえる。

19

幾万の若きいのちも過ぎにしとひとつ草露わが掌にぞのす[*1]

【出典】歌集『天平雲』（昭和十七年〈一九四二〉三月）

大きな世界では幾千、幾万の命がはかなくなっていく。命の重みをはかろうと、掌に草葉の露をうつしてみる。

戦争は続いている。盟友石川は戦地で軍務についている。前川は勤労奉仕で汗を流している。

戦争の真似をしてゐるきのどくな兵隊のむれを草から見てゐる[*2]

戦争のたのしみはわれらの知らぬこと春のまひるを眠りつづける

いくまんの鼠族が深夜の街上をいまうつるなりあの音を聞け

このように歌えたのは、十年以上も前のことであった。一、二首目は、戦後に出た改訂版『植物祭』では、削除される歌に入る。

*1　係り結びが成立するためには、「掌にぞのする」。『大和』でもみられた不規則な用例。

*2　『植物祭』素人社書屋、一九三〇年。増補改訂版（一九四七）は靖文社。

汗あへて勤労奉仕にたづさはる太初（たいしょ）もあをき松のかげなり[*3]

戦（たたかひ）の日にありながら家のうちのわたくしごとをなげかふあはれ

大戦となるやならずや石の上に尾を失（うしな）ひし蜥蜴這ひ出づ

春の日をいかるが寺にわれは来て飛鳥仏（あすかぶつ）に懐中電灯照らす[*4]

短歌で詠まれる内容は刻一刻と戦時色を増していた。[*5]国家、国際紛争という視点を持ちたいのに、家内の、喫緊でもない雑事に思い煩っている私。そこでは短歌という短く小さな器の悪いところばかりが目について仕方がない。「大戦」前夜の、静かな緊張感の中、眼にとめた蜥蜴には既に尾がなかった。鳥獣すらも決死の思いでいかねばならない。これら慚愧（ざんき）[*6]と緊張に満ちた歌の中、仏像を懐中電灯で照らして拝観する歌には、ほっと一息つける。

『天平雲』後記でもうひとつ、看過してならない件がある。対米英戦の始まりによって、「世界は一変」し、「私も一変してしまつた」という。「皇国の民として今日ほど生き甲斐を感じること」はなく、「真に明るい気持ち」だと書く。「一層明るい希望をもつて」さらに歌の道に精進したいというのだが、戦争の拡大に「明るい希望」を持ったという件は読者として覚えておこう。

＊3　『大和』収載

＊4　『天平雲』収載

＊5　昭和十二（一九三七）年から約二年を費やし、『新万葉集』（改造社）全十巻と補巻一巻が編まれていた。十三年は大日本歌人協会編『支那事変歌集』の「戦地篇」、三年後に「銃後篇」が出版されている。昭和十七（一九四二）年には国民の愛国心を高めるという目的で、『愛国百人一首』が選定された。選定委員は佐佐木信綱、窪田空穂、尾上柴舟、太田水穂、北原白秋、斎藤茂吉、釈迢空、土屋文明、松村英一、川田順、吉植庄亮、斎藤瀏の十二名。いずれも今日ではほとんど顧みられることがない。

＊6　慚愧―自分の言動を反省して恥ずかしく思うこと。

20 夢ひとつかたち成(な)さむとしてゐしもはや暁(あかつき)か雲にほふめり[*1]

【出典】歌集『天平雲』(昭和十七年〈一九四二〉三月)

暁。手に入れかけていた傑作は夢と消え。うすむらさきに雲のたなびく。

＊1 めり—推量の助動詞。「にほふ」の「に」は「丹」、「ほ」は「秀・穂」、本来色が赤く美しく照り輝く意。雲が色づいて照り映えるようだ。

前川佐美雄の歌集を通読していると、夢、幻という語彙を用いた作品が多くみられる。ではどんな夢なのか、どんな幻なのかという段になると、具体的ではなく、茫洋としている。ひとは将来の目標を夢といい、明確な輪郭はなく感覚では補足できないものを幻といったりする。逆に、ぼんやりととらまえているヴィジョンを幻と名づけることもある。掲出歌の夢とは、戦後の歌集では「抒情詩の夢」と詠まれる、理想の歌をさすと思われる。歌によって世に出、父母の名を顕す名誉である。この辺りは明治生まれらしい質実さ、勤勉さでもあろう。

　梅雨ちかく夕べの雲の朱ければまたはろかなる心うたはむ
　西方は十万億土かあかあかと夕焼くるときに鼠のこゑす
　肉体を朝日のなかに立たしめておろかなるわれの夢まだ覚めず
　野に摘みて花はむらさき濃くあれば砲煙の世の何となげかむ
　夏荒れの心に沁みていたいたし巴里も落ちてはや三十日経つ

広く豊かな心を詠おうとするのだが、戦時下でもある。芸術の都パリ陥落[*2]の報道を気に掛ける。佐美雄は、歌集後記に言う。「世間では私の作を目して新風と称する」。つまり新しがりと貶す評が多いのであるが、自分は一向に頓着しない、なぜなら、「新風はすなはち正風であり、正道でなければならぬと信じてゐる」から。「私は常に歌の正道といふことを唱へて来た」。できた作品が歌壇の主流と異なるからといって、異端ということにはならぬではないか。もっとも、自作には不満も多い。「歌はもつと優美なものでなければならぬ」とする。「優美さの中に無上の強さの蔵はれたものでなければならぬ」。夜通し見る夢とは、そのような優美な歌、絶唱に他ならない。

*2　パリ陥落――一九四〇年六月十四日にドイツ軍がパリ入城。解放は一九四四年八月二十五日。占領下の対独協力者の処分をめぐって一大論議が起こる。正規の裁判を踏まず処刑にされた者も少なくない。（桜井哲夫著『占領下パリの思想家たち　収容所と亡命の時代』平凡社新書　二〇〇七）

21

年越えてのこる薄（すすき）のかたはらにただ在（あ）りぬ白き石とわれと

【出典】歌集『天平雲』（昭和十七年〈一九四二〉三月）

年を越したが、身の周りに大きな変化はない。大局はどうなっているのか。薄の側に佇む私の目に映るのは、白い石のみ。白い時間。

年を越し昭和十六年となったが、身の周りに大きな変化はない。この時ばかりは、大局への関心というものは薄れている。薄がなびく側に佇んでいる私の目に映るのは、白い石だけだという。そこにあるのは、余白のような、埋めるものもない、白っぽい空間と時間。韓紅（からくれない）とその回想時代から、いかに隔たっている心境か。白の時代と言ってよいだろうか。

この歌にある静寂は一時のものであったかもしれない。一方では「ぼろぼろに」なった土をいくら掘っても食べられるものがないことを嘆き、我を侮蔑しようとする「下司下司し」く「魂低き」輩に対決する歌も詠まれている。

空澄みて秋をかたぶく山ぐにのうたかたしげく白き川見ぬ
いさぎよき今朝の青空やかぎりなく無色に透(とほ)る鳥飛びにけり
梅雨あがりわれの心も晴れ澄みてあをあをし杉の梢(こずゑ)をうつす
起きぬけにわが眦(まなじり)に沁(し)みとほり青萱のつゆしたたりて落つ
ほそぼそと崖にし懸(かか)るひとすぢの水あり白き鳥もおり来よ
何ひとつみ国につくすなきわれと春雷(はるがみなり)の鳴る日つつしむ
わが友のおくり来(き)し伊吹麝香草の若芽を見れば山もこほしき

「皇紀二千六百年」（昭和十五年）を祝い、気持ちは逸(はや)るのに、歌を詠む以外に何ひとつ国に尽くすことができないで来た。*戦局は激化しているはずだが、郷里の自然はあくまでも穏やか、牧歌的ですらある。悲哀にも増して、自然の中に己をおいて詠む姿勢が、時代状況から見ると高踏的であるともいえる。歌歴は二十年になんなんとするのだ。

二十年(はたとせ)のながきにわたり歌ひ来て夢なほ消えず昼顔のはな
たたかひも四年(よとせ)となりて秋ふかし今さらに深くこころを決(き)めむ

*前川佐美雄の徴兵検査は丙種合格で、召集の可能性は高くなかったという（小高根二郎、前掲書）確証はないが、次のような歌は戦地にいる石川信雄に宛てたものではなかったか（当時、中国を支那と呼称した）。
葛城のふもとに摘みし正月のすみればな支那の友におくらむ（『天平雲』）
直(ただ)ちには銃(つつ)し執(と)らねどわが友の報道の任(つとめ)かろきにあらず（『日本し美し』）

22

なよよかに麦生（むぎふ）に風のわたるとき沁（し）みてしたたる山河（やまかは）の青（あを）

【出典】歌集『日本し美し』（昭和十八年〈一九四三〉二月）

麦をなびかせる風のやさしいこと。山河は静かに青く、心に染み渡ってやまない。

明るい時間の、青。晴天白日。

『日本し美し』という歌集の特徴は、ほぼ同時代に刊行されていること。[*1] 昭和十六年（一九四一）十二月八日前夜から翌年八月まで、三十代最後の期間にものされた作だが収録歌は六百首を越える。後記に、「ニュースの断片語を窮屈に組み合はせたやうなものだけは断じて作るまいと警戒した」という。それは歌ではなく、「歌の心にもそむくもの」だという。よろこびの歌であっ

＊1　歌集全体が、「皇天に奉る」意の「頌歌　日本し美し」と題されている。「しょうか　やまとしうるわし」と読む。「し」は前の語を強める副助詞。『古事記』中巻、倭建が遠征の末、大和にたどりつけず落命する直前、望郷の念を

ても、底に涙が湛えられていなければ歌とはいえない、というが――一応諾い（うべない）つつも、今日の目で見て率直に言うと採れる歌は多くない。やはり時局に過剰に呼応した、自意識の勝った歌に取れ、それよりも、大いなる自然の懐で詠んだ掲出歌のような作に、軍配が上がる。戦後、前者は指弾され、後者は圧殺された。

戦中は歌人自身が引き裂かれていたのである（三枝昻之、前掲書[*2]）。

第一歌集からある自然詠を引き継ぎつつ、より普遍的に完成する方向もあったであろうものを。

亜細亜十億有色（うしき）の民の屈辱をわがものとしも怒るたまゆら

十二月八日の朝陽（あさひ）忘れめやこの世にし見し朱（あけ）の極（きは）まり

セレベスのメナドと言へる小港（こみなと）を恋ひ思ひたる三十年（みそとせ）過ぎぬ

皇軍（みいくさ）のしりへをただにをろがみぬ物の数にもあらぬわが身は

桜ばなかくし静けく散らふ日も大海（わだつみ）の戦（いくさ）とどろきをらむ

物の数ではないわが身を鼓舞する状況下、（改めて）十二月八日真珠湾攻撃の日の「感激」、その朝日を心に刻みこむのだと歌った。心身に深く刻みこんだものは、容易には払拭できない。

詠った一節から採っていると思われる。同じ歌は、『日本書紀』巻第七では、景行天皇が九州平定後に都を偲んで詠んだ歌となっている。

『古事記』は稗田阿礼が口誦していた内容を、太安万侶が撰録した最古の歴史書。『日本し美し』には、阿礼・安万侶を祀る神社に参拝する一連があり、「両神社とも境域拡張せられ昇格の日近し」と記される。

*2　『天平雲』で表向きとなった二面性は、『日本し美し』『金剛』という公的な戦時歌集と、戦後の私的な『寒夢抄』『積日』という二つの道をとったとする。伊藤一彦著『前川佐美雄』は、戦後出版の『寒夢抄』では「戦争協力歌とみなされそうなものはことごとく削除」と指摘。

23

この朝のこころ満ちつつふかぶかし夏青潮のかぎりなきごと

【出典】歌集『金剛』（昭和二十年〈一九四五〉一月）

満ち足りた気持ちで朝を迎える。ついぞなかったことである。戦局を見極めつつ、蒼い波濤のような豊かな心もちで一日を過ごそう。

朝うしほ満ちみつときを生れ来てわれの男の子は初声あげつ

大局は不穏になる一方、家族史にとっては大きな節目が生まれた。長男の誕生である。祖父の名を襲いで佐重郎と名づけた。円満な人柄で長寿を全うしたので名を頂戴した（「私の名前」『短歌随感』外　抄）。

だが同じ昭和十八（一九四三）年末には、軍医として艦に乗っていた義弟（緑夫人の弟）が南方海上にて戦死した。明けて一月には、二十歳違いの、学生であった末弟が病のため永眠した。納骨は高野山にするのが家のならいだったが、戦時のため参れず、暫時、天武天皇本願になる矢田金剛山寺にあずけることになった（「矢田丘陵」『大和まほろばの記』）。矢田は甘藷（いも）どころで、戦後にも佐美雄は甘藷の歌を書いている。

　掲出歌のような、海の比喩は稀といえるだろう。四十代に入り、長男を得た感動を詠む。なんとか心を清浄に、また平穏に保つことを心掛けている。

　　皇国（すめぐに）は美（うま）し木（き）の国くろぶねにかはる木の船さはにつくりね

　　何ものもうちひしがめと対ひ立つ露霜（つゆじも）しげき千引（ちびき）の岩に

　　たたかひを勝たせたまへと山頂（いただき）の午前五時ごろを杉の木下（こした）に

　　たたかひはいよよ身近（みぢか）に迫れりと生命（いのち）にちかふ金剛（こんがう）ごころ

『金剛』は、戦時中最後の歌集である。『日本し美し』以降、主に十六ケ月の作品を収めるが、これも六百首以上と大部だ。それでも数百首を割愛していると後記にいう。時勢で印刷が遅れ、末弟の一周忌となる昭和二十年一月に刊行された。家族と自らの疎開で忙しくなる頃だが、疎開の歌は戦後にまとめられる。地元[*1]金剛山に関連する詠が多いので金剛と題された。[*2]「金剛ごころ」とは、決して挫けず、変節しない、敵に打ち克つという意味ととれるが、この心が、その後どう変わり得るか、注意深く見ていかねばならない。

＊1　『春の日』で地元の気象が詠まれている。「金剛山颪（こんごせおろし）ひねもす吹きて乾（かわ）きたるゆふべの道に霰落ちゐる」「霰（あられ）まじりの葛城（かつらぎ）おろしに吹かれつつ大根（おほね）ひく人よ冬の棚田（たなだ）に」

＊2　他に特筆すべきは、昭和十七（一九四二）年に相次いで亡くなった与謝野晶子と、詩人の萩原朔太郎への挽歌を収録する。

24

火の街をのがれ来りて妻子らと因幡の国にゆふぐれて着く

【出典】歌集『積日』〈昭和二十二年〈一九四七〉十一月〉

戦火を避けての疎開。列車で因幡の国を目指し、ようやく着いた頃にはもう日が暮れていた。

戦後にまとめられた歌集『積日』より。疎開の経緯を詠んだ一連である。「火の街」は昭和二十（一九四五）年三月の大阪空襲をさすだろう。翌四月、佐美雄は妻子を鳥取県八頭郡丹比村に疎開させている。「日本歌人」同人であった杉原一司[*1]を頼っての疎開であった。奈良と鳥取を五往復する。その往路復路が足跡として印象深い歌集となっている。一家揃って帰郷したのは、敗戦翌年の一月。杉原家は今もすぐ駅前にあるが、その樹下で佐美雄が写真

＊1 杉原一司—塚本邦雄らと「メトード」を創刊。（一九二六—一九五〇）。経緯は詳らかにしないが、前川緑の妹

を撮ったという大きな桜の樹は、いつごろか伐られてしまって今はない。

いきどほる心もあらず無頼なる人間の徒となりて落ち行く
かなしみといきどほりとが交々に或はあらしの修羅なして過ぐ
ひとならば五歳六歳のころほひかをさな牛啼く春のあけぼの
われに歌のをしへを乞ひしこの家の杉原一司兵にゆきてゐず
山かひは雪にうづみて八東の川ながくくろくおとなく流る
余部の陸橋も過ぎて雪いよよ降りくらみあをき日本海見ず

一首目は巻頭歌。生き残るために無頼となって日が落ちてもかけずりまわらねばならない。疲労の溜まる移動が続く。無感動のようになっていたのに、ふとした衝動で悲しみや憤りが湧き出し、感情の嵐が吹き荒れた。現実にも暗い冬がめぐる。四首目の杉原一司は同郷の友人が佐美雄に師事していた縁で同人となっていた。佐美雄が到着した際は応召して留守だった。戦後「日本歌人」復刊時にはトップ枠に加えられ、師の大山旅行にも同伴するなど一目を置かれていた。[*2]

「おさな牛」の一首は歌碑となって、杉原家からほど近い学校の校庭に向かって建てられている。

は作家の五味康祐夫人。五味康祐は大阪市生まれの小説家。豊臣秀次にも剣術を講じた人物の数奇な命運をたどる「喪神」で、昭和二十八年、第二十八回芥川賞。剣豪作家として名を馳せる。（一九二一—一九八〇）

＊2 『積日』が山陰観光旅行普及会の目にとまり、岡山の夏季大学で講師を頼まれていたこともあって、まだ登っていなかった大山に登山、疎開中の作と大山行を上下巻とする歌集『鳥取抄』がまとめられる。

25

ぬけがらの身をやすらへて夜(よる)ゐるにおくれ螢が水づたふかな

【出典】歌集『積日』〈昭和二十二年〈一九四七〉十一月〉

夜半、身を休ませていると、時宜を逸したように螢が一匹、水辺に沿うて飛んでゆく。よもやわが身から出たものではあるまい、自分は抜け殻となっているのだから。

なぜ抜け殻となってしまったのか。次の歌がわかりやすい。

右往左往(うわうさわう)してゐつる間(ま)に十年経(ととせへ)てたたかひすみし今はなきがら
さながらに骸(なきがら)のごと身をはこび秋のいづみにおりて来たりぬ
敗戦と聞くやなかばは吾(あ)もうつけ秋の果物(くだもの)しとどに食ひぬ
寒時雨(さむしぐれ)やみたるあとをさえざえし空はがらんどうの音なき日ぐれ
さむざむと旋風(つむじ)吹くとき犬ひとつ今まなかひの辻に来てゐる

かへりみる長きいくさのその間をそもそもわれはなにしをりしか

若い時分は、文学が金になるのか、と郷里では後ろ指をさされた。妻子をもっても、家計は楽ではなかった。戦時の高揚で創作意欲は爆発し、実生活でも長男に恵まれたが、戦争に負けてしまっては気持ちを持って行く先も身のおきどころもない。このなみなみならぬ虚脱感は埋めうるのか。他に、「錐を揉みこむおもひ」を詠む。

全集年譜によると、戦後間もなく、限定版の歌集、選集、『植物祭』の増補改訂版など、矢継ぎ早といってもよい活動を再開している。なかでも重要なのは、「日本歌人」復刊を目指し、昭和二十一（一九四六）年十一月、「オレンヂ」を創刊したことである。岡本太郎*1の表紙絵を得たり、同人を続々と増やしながら、昭和二十四年一月までに八号を数える。

*2農地解放が実施され、前川家に残っていた土地はすべてなくなった。屋敷には朱欒*3だけが例年のように実っていた（『捜神』*4）。旧小作や村人の間で評判のよかった母は、さっぱりした人で、一言、「仕方ない」と言っただけだった。（「母をしのぶ」『短歌随感』外　抄）

*1　岡本太郎―画家。（一九一一―一九九六）。『捜神』にはあった岡本一平の追悼歌があり、交流がうかがわれる。太郎の父、画家・漫画家で母は小説家・歌人の岡本かの子。

*2　農地解放―農地改革。第二次世界大戦後、一九四七～五〇年にかけてGHQの指令によって行われ、旧来の地主・小作制度は解体された。

*3　朱欒―ざぼん、ぶんたん。実も葉も柑橘類中最大。

*4　昭和二十三年七月に逝去した母の忌を修する一連「母」より。

26

春鳥(はるとり)はまばゆきばかり鳴きをれどわれの悲しみは混沌(こんとん)として

【出典】歌集『紅梅』（昭和二十一年〈一九四六〉七月）

春ともなれば野鳥のさえずりがかまびすしい。己はといえば、また悲しみが渦をなして湧き出してくる春なのだ。

春はめぐる。植物祭の春でもなく、平穏無事であった春でもない。悔しさ、やりきれなさ、悔恨、憤り、さまざまな感情が去来するが、なかでも悲哀ほど大きな感情はない。すべてをのみこんで、渦を巻くような混沌の中にいると歌うのは、戦後のこと。年が改まっても、混迷の中にいると歌っている。『紅梅』は昭和二十一（一九四六）年二月から三月までの歌と、昭和二十年秋の一連を収める。[*1] つまり戦後の世相、気分というものが濃厚に出ざるを得ない内容となっている。戦後いち早く出たこともあって、手厳しい非難を受け

*1 特筆すべきこととして、斎藤茂吉への献歌十五首を収録。「週刊朝日」掲載の、茂吉の疎開写真を見て詠んだと詞書がつく。一連には高村光太郎と吉井勇も詠まれている。「みちのくの最上(もがみ)の川の岸べ行く斎藤茂吉さびしきろかも」

た。[*2] 掲出歌は巻頭歌。歌集では、二十年前はインテリと罵られもし、欧州に行こうとした願いもむなしく、貧しいままに二十年が過ぎたと嘆かう。勢いに乗っていた老歌人には「赤」(共産主義者)と言われ、ある老俳人は自分をかばってくれた、と個人名は出さないが歌にしている。戦いの盛んになったとき、勢いに乗った友には見捨てられたと。戦災で家を失った師や友がいるのに、自分の家の残ったのは有難いものの、大きな声で喜ぶわけにもいかない。一匙の砂糖すらが無上の喜びである。そんな様々な感情の噴出が、混沌とした悲しみをなす。

戦争は勝敗(かちまけ)によらず儲(まう)かるといふのろふべき現実を見よ

無茶苦茶の世となれと曾(かつ)て叫びしがその世今来てわれを泣かしむ

胸さくる思ひもて今の若びとの為(な)すことは見つ敢へて咎(とが)めじ

高からず低からずわれをうつくしみ来(こ)む新しき世にをあるべき

わが植ゑし甘藷(いも)はみのらず用のなきわが如き蔓(つる)や葉がしげりたり

若者たちは花と散ったが、生き残った者は闇屋となっている(坂口安吾[*3]『堕落論』)。無用の詩歌に戦中を過ごした自分が植えたからなのか、芋すらが育たないという歌は、読んでいるほうが苦しくなる。

＊2　荒正人(評論家 一九一三―一九七九)らによる批判がそれである。しかし、後に歌人として大成する山中智恵子は、戦中にすでに選集『くれなゐ』を読み、戦後にこの『紅梅』を手にして即「オレンヂ」に入会した。時勢に乗った表層的な読解ではなく、歌人の誠心を読みとる読者もいたのである。なお、復刊「日本歌人」の「積日荘雑記」に、先年旅先で偶然荒に出会ったところ彼は失礼しましたと簡単に一揖して去ったと記される。

＊3　坂口安吾―新潟県生まれ。小説家(一九〇六―一九五五)。戦後は、三三ページの太宰治(一九〇九―一九四八)らと共に反俗無頼の心情を基調とした作で知られる。

27

人間のわがかなしみを歌ふよりいかにけだかきねがひも持たず

【出典】歌集『積日』（昭和二十二年〈一九四七〉十一月）

人に疲れ、世に疲れた。風が立つ。歌わねばならぬと思う。塵が吹かれる。やはり、生きねばならぬ。歌わないではいられない悲哀もこめて歌人は歌うよ。

戦争は終わった。生き延びるために必死であったが、生き残れば残ったで煩わしいことも多い。重い体に、本物の老いが兆す。

けさ櫛にかかりたる白きもの見つつこころの老ははかりかねつも
いつしかに老がこころに入りそめて南瓜の花とわれとかなしも
いまはとていかりはかなみ屑ぼこりこの人間をはたき出んとす
父われはさびしけれども夢しげくわが子よそだて明日の世界に

＊1 巻頭言より――戦後「この国人心の状態、歌壇歌風の推移は、敏感なる詩人の到底認容」できないもので「われらは時流に便乗せんよりは沈黙による正義を美とし、伝来の美を損傷せんよりは寧ろ無為を以て正義とした」「現時歌壇に失

昭和二十五（一九五〇）年になって、ついに「日本歌人」復刊に漕ぎつける。[*1]一月に第一巻一号を刊行。会員は瞬く間に千人を超える。

翌年十月、「短歌研究」に「翼の回復について」を発表した。その中で、「歌は現実の中にはない。歌は詩人の掌の中にだけある。詩人だけがよく歌を生むのである」。方法によって歌は絶対に生れないと主張した。写生といって「一切を合理的に処理し納得せんとする所に歌は本来の相を搔き消したのである」。

すなわち、歌とは、「姿もなければ形もなく、それは抽象化された心情だけがたとへば飄々と風に鳴り響く天使の翼のやうなものであらう」。

この評論が書かれたのは、戦後短歌界に旋風を巻き起こす、若手同人の塚本邦雄[*2]が、他ならぬ「方法（メトード）」に固執して第一歌集『水葬物語』を出版した年でもある。「メトード」は早世した杉原一司らと精魂を傾けた同人誌であった。師承の「翼」の「回復」を希求する歌集であったものの、飛翔の度合いと西洋趣味が甚だしく、誌面に出たものを見ただけでも明らかに異質で隔絶した作風となっていた。塚本は孤立し、「日本歌人」を去る。

望せる若き世代の声は凄烈であり」「われらは短歌そのものを憂ふるが故に、ここに新たに決意し再度出発の機縁を持つこととなつた」。巻頭作品「歳末漫吟」より――「腎結核病む妻のためストレプトマイシンを求むマイシンは高し」「二十年前のタキシイドわれは取り出でぬ恋の晩餐に行くにもあらず」

*2　塚本邦雄――滋賀県生まれ。モダニズムに乗り遅れた世代としての自覚と、戦中の詩歌人の右傾化への反省から、戦後杉原一司らと「メトード」を創刊して短歌の改革に猛進する。実作と同等に評論にも力を注ぎ、歌壇内外への影響は広範囲にわたる。歌集『水葬物語』『日本人靈歌』『豹變』『魔王』他、古典評論も含め著書多数。（一九二〇―二〇〇五）

28

寒風の吹きすさぶ夜を唸りつつ樹樹はおのれの齢(とし)おもふらし[*1]

【出典】歌集『捜神』（昭和三十九年〈一九六四〉八月）

ふけてゆく歳月に抗うのは人のみではない。樹木もまた、夜の嵐の中でたわみながら己を全うしようとしている。

戦後の転換期、政治のみならず文芸の領域も混乱し、騒がしかった。佐美雄は出すべき歌集を出した後は、表立った活動をしていないように見える。俳句短歌の定型や抒情に否定的な「第二芸術論」[*2]の論調が世を席捲していた。前川佐美雄も槍玉に挙げられた。最たるものは、戦中戦後の佐美雄の作歌態度について、『ジキル博士とハイド氏』のように、二枚舌で人格を使い分けているから抹殺すべきだ、という調子で弾劾した[*3]（荒正人）。そういう雰囲気の中、作品発表が滞ると、仕事を干されたからだという見方もできる。が、佐美雄本人は、あえて東京歌壇と距離を置いたと弁じている。次の『捜神』

＊1　巻頭の一連より。昭和二十八年の作。木静かならんと欲すれども風止まず、つまり親孝行をしようと思う時すでに親はこの世にいないという「風樹の嘆」を読みこむこともできる。

＊2　第二芸術論―木俣修・久保田正文編集の『八雲』などに、敗戦後の約二年間に集中して書かれた俳句短歌批判、論議と論争の総称。

の一首には、『論語』を読み成人した歌人の素顔が垣間見える。

*4十年(じふねん)のいくさのあひにうしなひて夏夕雲の散りぼふこころ
あたらしく何を興(おこ)せといふならむわが身は壁のごとく冷えしに
いつしかに天のはら冷えてをりをりはわれにかなしき鳥かげわたる
*5孔子よりわれ仕合はせか春びかりさす丘に一日(ひとひ)子らと遊べる
怪力も乱神もすでにたのむなく鋼鉄の生(せい)秩序をただせ

復刊した「日本歌人」は、順調とはいえなかった。佐美雄は発行人として、編集はもとより、事務的な処理の遅延を再三詫びている。というよりも、愚痴と弁明ととれる後記が目立つ。昭和二十八（一九五三）年八月号（通巻第一一八号）の「寧楽通信」で、四年目に入り、ようやく再建もなりたち順調のようだ、と記す。「今日の歌壇の雑誌は殆(ほとん)どみな」写生、リアリズムで、「日本歌人だけが全然異なる立場にある」とする。今後は本質的な文学運動の「中心」となり、「推進力となる覚悟」が要ると宣言した。

ところが、実際は四巻の中盤で急速に勢いを失っている。たとえば六月号・五号は、実に四ページの薄さになってしまっている。次号が出るまで数カ月かかることもあったようである。

小田切秀雄「歌の条件」、臼井吉見「短歌への訣別」、桑原武夫「第二芸術」「短歌の運命」、小野十三郎「奴隷の韻律」など。

*3 弾劾―責任を追及すること。『八雲』誌上で、戦後最初の歌集『紅梅』と『金剛』を並べての批判。『ジキル博士とハイド氏』（一八八六年）はスティーブンソンの小説。題名は二重人格者の代名詞として用いられる。一九一四年には映画化されている。『植物祭』には次のような歌が―「寸分もわれとかはらぬ人間がこの世にをらばわれいかにせむ」

*4 『積日』収載

*5 『捜神』収載

29

運命はかくの如きか夕ぐれをなほ歩む馬の暗き尻を見て

【出典】歌集『捜神』(昭和三十九年〈一九六四〉八月)

夕暮れ、私の前を馬がゆく。ひとに使われて疲れた馬が、黙々と。戦後の道を、疲れた私がゆく。私が馬につき従うのか、それとも馬が私を省みないのかわからぬ歩み。

語彙の選択において潔癖な作者が、馬の尻を歌った点でまず注目される。馬鈴薯の芽を「珊瑚」に譬(たと)える歌もあるが、『積日』では「どぶどろがしき り泡ふくゆふべにてかなしきばかり雲はにほひぬ」等の歌も詠まれていた。目に映るものがすべて敗戦後の混乱と消耗となったかのようだ。何をどう掬いとっても美しいものなどありはせず、歌は猥雑な現実そのものを捉えるしかなかった。

五十歳を越え、昭和二十九(一九五四)年、読売新聞「よみうり歌壇」を半年ほど務めた後、朝日新聞「朝日歌壇」選者に就任。また角川短歌賞の選者を第一回目から計十回務めたり、各地神社の献詠祭の選者を任されるなど、歌壇での地位はゆるぎないものになってゆく。これに、歌碑の建立も続く。だが歌集『捜神』がまとめられるまで十年を待たねばならず、歌集としては十四年ぶりであった。[*1] 世の中は東京五輪直前という時期であったが、歌人にとっては、このブランクの長さが、「われの悲しみ」と「混沌」を体現していたといえる。歌集後記では『新風十人』の昔を想起して、「自分の歌を等身などと偉さうなことをいつた」が、「今はさういふことをいはない。私は奈良で極く普通な生活をしてゐるのだから」という。落ち着いてはいるが気弱にも聞こえる。

久々の歌集上梓の三年前に、刊行の遅れ気味であった「日本歌人」が、再び休刊となっていた。前年には十代から師事していた佐佐木信綱が逝去した。ある酒の席で、五十歳を越えると、六十代の川田順も八十代の信綱もみな先輩後輩の区別がなくなって同じ地平に立っているのだといわれた。師を見送ったことが、歌集編集に踏み切る大きな契機とはなっただろう。

現代詩から短歌に転じた前登志夫[*2]の『子午線の繭』出版も『捜神』と同年。

*1 昭和三十四（一九五九）年に角川文庫から『前川佐美雄歌集』が出ており、こちらがよく読まれていたと思われる。
『捜神』に続く歌集は七年後の『白木黒木』で、歌集としてはこれが生前出版の最後の集であった。著書としては、『捜神』刊行の翌年から、二年毎に、『秀歌十二月』『日本の名歌』『名歌鑑賞―古典の四季』を刊行、評論活動が活発となっていた。

*2 前登志夫―歌人、詩人。「ヤママユ」を主宰。『霊異記』『縄文記』『青童子』他。（一九二六―二〇〇八）

わが内のまぼろしいまだ消(け)ず死なず空をおりくる剽盗(ひはぎ)の如き

【出典】歌集『捜神』(昭和三十九年〈一九六四〉八月)

今も不意に襲ってくるのだ、果たせなかった文学の志を、傑作をものにせよという天上からの至上命令が。

欧州[*1]に行かむ願ひも今日思(も)へばわれのあはれを救はむがため
巴里[*2]まで二十八万円の飛行賃誰かわがために献金せずや
五月雨の晴れ間を街に出でて来て女王戴冠式の映画一つ見る

戦前の「日本歌人」は、戦中戦後に短歌を志した若者にとって、はや伝説に近いものになっていたが、当事者にはまだまだやり足りなかったこと、果たせなかったことがあったらしい。最大の夢にして最大の後悔は、洋行の計画が果たせなかったことである。腸チフスに罹患し入院生活で越年したため

*1 『積日』(一九四七年)札幌青磁社収載
*2 『捜神』(一九六四年)昭森社のち短歌新聞社文庫収載

資金を使ってしまったのだった（その結果として、『白鳳』の一部の歌は生まれた）。明治大正期の洋行と、昭和の、終戦までの海外渡航とは同日に論じられないものの、「もし前川佐美雄が渡欧していたら」と空想するのは無意味ではない。書かれなかったもう一つの短歌史が生まれるかもしれない。

三首目の映画は、エリザベス二世戴冠式の記録映画（一九五三）と思われる。*3

先に述べたように、夢、幻は、佐美雄の好む語彙。佐美雄にとっての夢は、文学上の成功、傑作の意味であり、幻というのも、つかみがたいが文学の志に適うヴィジョンを指すとみてよい。「いとけなき日に恋ひそめし抒情詩のかのまぼろしに一生（ひとよ）疲れぬ」という歌がわかりやすい例だ。だが仔細に読めば多義的に使われている。次のような歌では、しばしば己の姿を夢幻のように捉えていた。もし完成する夢、傑作が歌（絶唱）であるならば、それは実際に夢幻のようにはかない。

晩年の父が七年（ななとせ）かくれ住めるかの家の屋根もすでにまぼろし
森の中わがまぼろしに高きより黄色もみぢが枝垂（しだ）れしだれぬ
冬日照るむかしに似たる枯草なか夢死なず像（すがた）なして坐れり
庭苔のくらき緑にひとときの夕日さし強（きつ）きまぼろしぞ立つ

*3 次のような歌もみられる。「二十年（はたとせ）のむかしはゲエリイ・クウパアのタイの縞柄も愛（め）でて結びき」「笠置シヅ子があばれ歌ふを聴きゐれば笠置シヅ子も命賭けゐる」

31

まなかひの野の杉老いて梢より白くなりをりひとりなるらし

【出典】歌集『捜神』（昭和三十九年〈一九六四〉八月）

孤独であるのはわれひとりではない。老いてゆくのもわれひとりにあらず。そら、目の当たりにする老杉（ろうさん）が梢からおとろえているではないか。

初句から四句目までをじっくり読んで、ひとつ深呼吸をはさみ、万感の思いをこめて結句を口にしたい。若き日の韓紅（からくれない）から、敗戦後のぬけがらの白さへ、という主題がいっそう明確になってきた。老いの侵入でもある。文学的な老いの気分ではなく、肉体を伴った現実の年齢のほうである。

不運なりし父の一生（ひとよ）をふと思ひ杉葉散りこむ厠にて泣く

靄立ちて朝から暑しおぼほしき青田のうへの母のまぼろし

孤独なとき、父の孤愁を思うた。寂しいとき、母の悲哀を恋うた。「鬼百首」[*1]がよく知られる歌集でもあるが、このような落ち着いた静かな歌も収められていた。

　この朝の風寒し壁のかたぶけばだらりとしたるもの片づけよ
　われ忽ち四五間[*2]ばかり退(しぞ)きたり風吹きて骨の白くとがれば
　夕焼のにじむ白壁に声絶えてほろびうせたるものの爪あと
　杉老いて標結(しめゆ)はれ神となりをれどいそがしきわれの時間表を出す
　青杉の上行くわれは秋の日の宝石商か万(まん)の針持つ

冷える朝方、壁の老朽化を目にしてかえって身辺を整理する必要を感じる。風はあまりに鋭く、骨が尖って感じられたほどで、たじろいで退く。白壁を染めるくれないの夕陽に、過ぎた日々の残影を見る。少年時に植林を手伝った杉林に、神と祀られる樹を見るが、予定がたてこんでいるので信心より仕事を優先すると詠む一首の、焦りを装った余裕。杉林に差す秋日に、かつてのランボーのような瑞々しい感覚を取り戻す。虚脱感から鋭敏さ、エスプリを取り戻す過程が刻まれているようだ。

＊1　鬼百首―初出は「短歌研究」昭和二十九（一九五四）年新年号「鬼（作品・百首）」。第32歌本文参照。

＊2　間(けん)―明治二十四年、一間を六尺（約一・八一八メートル）とする尺貫法の単位が定められる。昭和三十三年以降法定単位としては廃止。

32 火の如くなりてわが行く枯野原二月の雲雀身ぬちに入れぬ

【出典】歌集『捜神』（昭和三十九年〈一九六四〉八月）

情熱を取り戻した私が、枯野原をずんずん進む。雲雀の鋭い声もわが友、わが力となして。

初出は、「短歌研究」昭和二十九（一九五四）年一月号に出された「鬼」という大作だった。同号は「戦後短歌の総決算」特集号。

佐美雄は自身の評論で、森鷗外[*1]の「我百首」、幸田露伴[*2]の（未完の）「石百首」を評価している。さて自分も、戦後歌壇に打って出ようと意気込んで、百首を目指したものと思われる。が、内容には濃淡、かなりのばらつきがあって、あえて鬼[*3]のように破天荒に振舞い、万策尽きるまで闘おうという意欲

*1 森鷗外―石見国津和野生まれ。陸軍軍医を務めつつ多彩な文筆活動に従事。観潮楼主人と号して結社の枠にとらわれない歌会を催す。「うた日記」「沙羅の木」他。（一八六二―一九二二）『春の日』以前（全集一巻）に、噂を聞いて森鷗外の表

が空回りしているところもある。

「日本歌人」刊行が遅れがちになっていた時期のことであり、百首詠の準備を想像すれば、歌誌の編集に手が回らないことも理解できる。

「鬼百首」は、力作であることはさておいて専ら辛口の評価が多かった。佐美雄亡き後、短歌新聞社文庫に歌集『捜神』が入ったときの解説で、塚本邦雄は書く。―反響はかまびすしかったがほぼ否定に傾いていた、作者は百も承知であったろう、「示威、檄、あるいはマニフェストの趣さへ含むこの一聯に、作者の捨身と遊び、必死の訴へと狂気をよそほふダンディズムをこもごもに」読みとったと。

「悲鳴と勝鬨、愁嘆と哄笑、自棄と自愛が交錯するこの百首は、佐美雄の美点と弱点を如実に写し出してゐる」という評言が、百首の起伏をよく言い当てている。

海底の月青からむ襟立てて夜をまて貝のごとくねむりぬ
かにかくに我はなかなか衰へず孟宗竹林（ちくりん）の風にむかひ行く

休養をしっかりとり、態勢が立て直される。竹林の風に向かうとき、老いを惧（おそ）れていたひ弱な歌人は相貌を革（あらた）めている。

札を見上げるという一首がある。
＊2　幸田露伴―江戸下谷生まれ。小説家・随筆家・考証家。「五重塔」他。（一八六七―一九四七）
＊3　鬼のように―薬師寺、法隆寺、興福寺の追儺（鬼追）について、『大和まほろばの記』で回想されている。戦前、見物人は少なく、「鬼はあばれるだけあばれた」。鬼に扮してはいるがほとんど裸形の村の青年たちが、酒をのんであばれていたらしい。自身が鬼に扮したという記述ではないが、鬼として歌を詠むにあたって、原風景の一つに据えていたことは想像してよい。『大和』では次のように詠まれていた。「月きよき秋の夜なかを崖（がけ）に立ち白鬼（はくき）となつてほうほう飛べり」

33

雲はしり日の照るときに青だちて樹は垂直に地（つち）に入りゆく

【出典】歌集『捜神』〈昭和三十九年〈一九六四〉八月〉

雲がはしる。樹林にかっと日が差す。いっそう青青とした樹林は地を刺して水を汲みあげる。潔く揺るがぬ姿勢。我もまた。

戦後九年目になって、「短歌研究」誌に新人賞が創設される。第一回特選五十首は中城ふみ子[*1]の「乳房喪失」。ジャーナリズムが主導した新人賞という話題性と、乳癌を病む身の離婚や恋を劇的な手法で歌にしていることで賛否両論を呼んだ。入選七十三名に、「日本歌人」同人も三名が入った。戦後に活躍する、山中智恵子[*2]もその一人。「鬼百首」と同じ年の六月、塚本邦雄が力作三十首を同誌に発表。第二回受賞の寺山修司[*3]、新人評論賞の菱川善夫、

*1　中城ふみ子―北海道生まれ。歌集『乳房喪失』。（一九二二―一九五四）

*2　山中智恵子―愛知県生まれ。「日本歌人」同人。歌集『紡錘』『みずかありなむ』『玲瓏之記』他多数。（一九二五―二〇〇六）

中井英夫[*4]が編集長となった「短歌」誌で春日井建[*5]がデビューするなど、戦後歌壇の新しい潮流は確実に渦巻き始めていた。

　戦争の餓鬼がまた来る人類の血をあますなく欲る餓鬼が来る

　戦後六年蟄居の室を立ち出づともろき涙はわが身にこもる

　三月の雨のふる夜を起きてゐて地に鳳凰のなげくこゑきく

朝鮮戦争をはじめ世界各地の紛争、戦火は絶えない。戦後の混乱期をこもって過ごしていたことの鬱屈と、父の晩年が重なる。鳳凰の嘆きは大袈裟だが、大仰な表現をあえて用いたくなる嘆きの深さを想像してみよう。佐美雄は、同人の横田利平が歌集『ビキニの灰』をまとめる際、標題が時事的過ぎてすぐに古びると指摘したという。[*6]

掲出歌は「光の滝」を仰ぎ見て昼食をとるなど、「大台山上吟」という吟行。山上からはるかに見下ろして詠じた歌であろう。しかし、時代背景と、次のような歌と並べて読むとき、爆風に樹林が硬直するようなイメージを受け取っても、創造的な解釈として許されようか。

　原爆をのろふ言葉の絶えしとき夜ふけの街の口笛もかなし

　無慚なる死の灰降らす天かなと首のべて池の亀が言ひたり

＊3　寺山修司―青森県生まれ。歌人・詩人。歌集『空には本』『田園に死す』他。（一九三五―一九八三）

＊4　中井英夫―東京生まれ。詩人、編集者、作家。歌壇の黒衣として、前衛短歌運動の火付け役となる。昭和二十九年に起きた洞爺丸事故を基に構想した長編小説『虚無への供物』他。（一九二二―一九九三）

＊5　春日井建―愛知県生まれ。歌集『未青年』『行け帰ることなく』他。（一九三八―二〇〇四）

＊6　映画「ゴジラ」が封切られた昭和二十九（一九五四）年は、ビキニの水爆実験、第五福竜丸事件が起きた年である。『死の灰詩集』が編まれ、この時期、短歌総合誌でも特集が組まれている。

34

琅玕のみちに霰のたばしればわれ途まどひて拾はむとせり

【出典】歌集『捜神』（昭和三十九年〈一九六四〉八月）

うつくしいものを希求してきた。紅葉狩りの道中、わがゆく道もうつくしくあれと願っていたところ、不意に竹林に霰が降りしきり、戸惑うたことであるよ。

道は平坦ではない。困難な道を自ら選んだのだとしても、すんなりと渡り切れるものでもない。うつくしく生きようと欲し、わがゆく道ようつくしくあれと願っていたところ、不意に霰に降られる。戸惑って、それでも美玉のような霰を拾おうとする必死の姿が思い浮かべられる。琅玕の道といい、拾うという語を字義通り解すればそういうことになる。また「琅玕」は宝石や美しい竹や文章を指すから、歌の正道において美を掴もうとする態度を指す

＊1　白氏文集―白居易（七七二―八四六）の詩文集。日本でも平安時代から広く読まれる。題は、「香炉峰の下、新たに草堂を置き、事に即して懐いを詠じ、石上に題す」。白い石は鮮やかで、清流に囲まれるが、訪う人

と、隠喩的にも読める。「寧楽紅葉吟」という紅葉狩り一連の一首であるから、瞼には「くれない」の景が浮かぶ。白居易の詩「香炉峰下、新置草堂、即事詠懐、題於石上」(『白氏文集』*1 巻第七)の一節、

松は翠の繖蓋を張り　竹は青き琅玕を倚す

を踏まえるならば、整然と直立して続く竹林の道を目に浮かべられるだろう。一連中においても、一首抜き出して背景色を変えても鑑賞に堪える出色の出来である。

どの家の犬でもありどの家の犬でもない小泉八雲の犬が来てゐる

紅梅にみぞれ雪降りてゐたりしが苑のなか丹頂の鶴にも降れる

新緑の朝なりたかく日の照るをまた狂乱の滅多斬りあり

一首目には島木赤彦の絶唱である犬の歌*2を想起する。百首詠の評判は芳しくなかったにしても、創作意欲を取り戻した、自由なエスプリの復活が確認できる。視線は凍てつく紅梅から丹頂鶴の脳天のゆるぎない紅へうつる。他にも、妻が病んだり、女弟子が家出したという歌がみられる。しず心なく、時に昔のような感情の爆発がぶりかえした。ぬけがらに再び血が通ってきた証拠ではあった。

もいない。松は緑の傘をひらき、竹は美しい玉を並べる、というのが引用部分の意味。同じ江州時期の、香炉峰の雪は簾を撥ねて見るという一節は『枕草子』のエピソードで有名。佐美雄は「琵琶行」も詠んでいる。

*2 赤彦の辞世「わが家の犬はいづくにゆきぬらむ今宵も思ひいでて眠れる」。佐美雄は「翼の回復について」で引用、自然に対して人間の優位をみるごり押しの写生ではなく、人間の弱さ、謙虚になった心境変化を読み取っている。小泉八雲(ラフカディオ・ハーン)は明治二十三年来日、日本研究をまとめ海外に紹介した。門番をする野良犬に想を得、超自然的なものへの恐怖や原始的な不安を考察する随筆「犬の遠吠え」がある。

35

純白の厨房セットの中に立ち日本の妻の運命あはれ

【出典】歌集『捜神』（昭和三十九年〈一九六四〉八月）

真新しい厨房。男子は足を踏み入れず。清潔大好き、整頓大好き、家妻はみな働き者。そんな日本にも大きな変化が訪れるだろう。そんな、においや重みのないキッチン。

真新しくなった厨房を前に、さて腕によりをかけようと意気ごむ妻の姿を、横にいて見つめているところであろうか。「純白」という語の選択には、すぐに汚れてしまう姿を惜しむ気分が含まれる。鍋釜を揃えるのにも苦労した疎開[*1]を知る世代ならではの感慨が、こぼれ落ちた。利便性によって失われる伝統への懸念もあろう。『捜神』後半所収の旧作で、昭和二十五（一九五〇）年の作。前年には次のようにも詠まれていた。

まだ暗き冬の朝けを起き出でてガスに火を点くガスの火は神

＊1 『積日』では次のように詠まれていた。「家にあらばくどに焚く火をわが妻はやぶれ七輪吹きて飯煮る」「ゆふぐれは一つどころに三家族がおのおの炊ぐ

では、戦後、女性が身辺雑記を詠う厨歌（くりやうた）に変化は訪れただろうか。厨房に立ち、日常を事実そのままに詠む態度に、変化は訪れただろうか。

結社で年功を積むのではなく、短歌研究新人賞で華々しくデビューした中城ふみ子は、川端康成[*2]の序文を得た歌集を上梓しながら、わずか数カ月で転移した癌のために他界した。歌壇と、世間の目を、女性の書く歌、女性の表現者に向けさせた影響は小さくない。

短歌研究新人賞創設の翌年、「潮音」の葛原妙子[*3]が、「再び女人の歌を閉塞するもの」という意味深長な標題の論を書いている。これは、釈迢空[*4]の「女流の歌を閉塞するもの」という評論を受け、迢空のいう「女流の本質にかなった短歌」という意味の「女歌」という言葉が、暗黙のうちに女性歌人を十把一絡にして貶めるように使用されていることに強く抗議するものであった。そのうえで、「心の渇きと、生活の重みと、いのちの粘着とを、底黒い美に定着したような作品」を希求する。男女を問わず選歌欄で多くの歌に接する佐美雄も、無関心ではいられなかったはずである。

暗きものよ陰惨なるものよ森のなか黒ずむまでに紅葉したれば

地下室の冷凍魚の類か女たちさみだれの街にみな透きとほる

あかく火焚きて」「今日のためわれは炊ぎのみづ汲むとさびしく畑（はた）を越えてくだりつ」

*2 川端康成―大阪市生まれ。小説家。（一八九九―一九七二）

*3 葛原妙子―東京生まれ。一九三九年「潮音」会員となり、太田水穂・四賀光子に師事。一九四九年「女人短歌」創刊に参加。西欧文化に造詣が深く、当初難解派と称されたが、独自の道を歩み歌境は深く豊かな展開をみせる。『橙黄』『葡萄木立』『朱霊』他。（一九〇七―一九八五）

*4 釈迢空―大阪府生まれ。歌人、民俗学者。本名、折口信夫。歌集『海やまのあひだ』『倭をぐな』他。（一八八七―一九五三）

36

元日の午後を来て踏む枯芝生白き噴水にわれはちかづく

【出典】歌集『捜神』（昭和三十九年〈一九六四〉八月）

穏やかな元日に、枯芝生を踏み散策をしていると、噴水が目に入った。白さがまぶしいような噴水は命の象徴か。足は自ずから噴水へ向く。

戦後十年目の作。初詣の帰るさであろうか、散策をしていると目に入るともなく噴水が目に入った。およそ人気はなく、新年から噴水に注意するひとも他にいるとは思えない。晩年のことになるが、波瀾のない一年を送り、また、波風の立たぬ一年を祈念する元日の歌が印象に残る。[*1]この歌集の時期は、自己変革の時期であり、急変期であるのだが、狂乱の晴れ間に青空がちらついていたように、鬼神の行につかの間の澄んだ時間が訪れたのであろう。

＊1　歌集『松杉』からは、昭和三十年代の元日によく大神神社に参っている様子が伝わる。昭和三十（一九五五）

他にも挙げておきたいのが、夏をやり過ごす歌である。

簾寝椅子取り出でて塵払ひをりこの夏もまたなまけとほさむ

こころ下賤におちしならねど桃色の氷菓など食べて一夏(いちげ)過ぎける

怠ることをしばしば反省し、自戒してもいた作者であるが、右の一首では、暑い季節に涼むのに、簾の寝椅子を押し入れから出して来、何をいうかと思いきや、この夏もまたなまけ通そう、と開き直ったかのように詠んでいて、微笑を誘う。桃色に色づけされた氷菓など、と眉を顰めつつも、暑さには勝てないひと夏であった。

足元がおぼつかないのではない。時代は変転し、己は変わらぬことを不思議にも感じ、またさもありなんと誇りにも思うのである。

いくたびか豹変もせりあはれなるわが生きざまの今はゆるがぬ

われの集(しふ)を愛読し艦と共に爆(は)でし若びとを祈る真夜中の雨

何度か豹変をしたと歌う。振りかえると、定型順守の口語体、戦時の時局詠、戦後の虚脱感、奮起しての百首、（これ以降の）壮年以降の自然体、老境の哀歓と、目まぐるしいというほどではないが、変化には乏しくない。*2

年から約三十年間、同社発行の『大美和』に寄稿していた。

*2「最初から歌風がよく変るので変貌の歌人だなどと言はれたけれど、そのことを苦にしたり気に病んだりは滅多にしなかつた。却つてどんどん変貌したい。否、豹変といふものだつて少しも構はぬといふ風な気概で以て今まで来たが、それと同時にあくまで作風の変らないすぐれた作家を心ひそかに尊敬してゐたことも人一倍大きかつたと信じてゐる」『積日』後記

37

若ものの肝執(きもと)りてわれも喰(くら)はむかわか者の肝臭しと思へど

【出典】歌集『松杉』[*1]（平成四年〈一九九二〉七月）

勢いのある若い連中が創作に励んでいる。ひとつ、自分も若い頃を思い出して根を詰めてみるか。若さには特有の臭みや嫌らしさが付随してくるものではあるけれども。

若人の肝を捕って、あるいは獲って、喰らう。一念発起というのはこういうものであろうか。まさに鬼の姿である。

「鬼百首」は必ずしも成功とはいえず、歌集『捜神』も収録歌数が千二百首近くあり簡単に読みこめるものではない。後続世代にとっては、戦前からの著名歌人の戦後の佳作というのが、いい意味での受け止められ方であった。佐美雄と世代は違うが、昭和二十六（一九五一）年四月、前田夕暮が逝去した。

＊1　『松杉』―没後刊行の歌集であるが、収録歌は『捜神』と『白木黒木』の間に当たる。年齢順に叙述してゆく本シリーズの性格上、順序は『捜神』『松杉』『白木黒木』『天上紅葉』（未刊歌集）となる。読書案内も参照されたい。

続いて、二年後には斎藤茂吉、折口信夫（釈迢空）、二年おいて太田水穂[*2]、会津八一[*3]、尾上柴舟[*4]、吉井勇と昭和三十五年までに次々と逝去する。北原白秋の「多磨」は白秋の没後十年目に解散した。

一方で、中堅では「アララギ」のリアリズムを継承しつつ三十八歳の近藤芳美[*5]が昭和二十六年六月「未来」を創刊、二年後には若手層二十人の合同歌集『未来歌集』が発刊される。

ぼやぼやしていると、あっという間に取り残され、前世代の遺物のように取り扱われるであろう。先にもふれた「短歌研究」誌新人賞・評論賞の創設、女歌をめぐる議論と実作者の台頭をはじめ、「短歌」創刊と、「前衛短歌」運動の活発化を背景において読むと得心がゆく一首である。

第二芸術論に限らず、近代の短歌史では要所要所で滅亡論が提出され、それを克服しようとする実作者の奮闘によって詠み継がれてきた経緯がある。戦後、方法的な「喩」（暗喩）の活用と、韻律の変革、歌の背景に必ずいるとして自明であった「私」の存在の虚構化、詩の言葉による思想の表現といった主題が追及、試行される。一連の運動と作品を「前衛短歌」という。

前衛短歌（運動）を活発ならしめた契機として、「前衛短歌論争」があり、

＊2　太田水穂―「潮音」主宰。『山上湖上』『流鶯』他。（一八七六―一九五五）

＊3　会津八一―歌人、書家、美術史家。『鹿鳴集』『寒燈集』他。（一八八一―一九五六）

＊4　尾上柴舟―歌人、書家。『静夜』『ひとつの火』他。（一八七六―一九五七）

＊5　『埃吹く街』『歴史』『黒豹』他。（一九一三―二〇〇六）

主だったものは次のようにまとめられる。

塚本邦雄と大岡信[*6]の方法論争は、新しい調べ、韻律の創出が可能かどうかをめぐるものであり、「調べ」の実体については明らかにならなかったが、表現の方法論に深くきりこんだ。

岡井隆[*7]と吉本隆明[*8]の定型論争は、散文から見て韻文定型詩を不自由な型ととるか、方法を援用して自在な可能性をみるかで真っ向から対立したが、政治と文学表現という当初の主題は深まらないままであった。

寺山修司は、デビュー当時、著名俳人の句を短歌に援用した（あるいは作り替えた）として俳壇から追及されるものの、歌壇からは比較的穏やかに受容され、歌人としての力量を存分に発揮していた。その寺山と嶋岡晨[*9]の様式論争なども、以上の論議と同じく昭和三十年代初頭の「短歌研究」誌で繰り広げられた。

菱川善夫と上田三四二[*10]による評論も注目を集めた。釈迢空がさんざん嘆いていた、自立した短歌論がようやく戦後になって登場してきたのである。

前川佐美雄の随筆を読むと、戦前からの歌人、東京の歌壇は他人のことばから槍玉に挙げて不愉快であるし、若い作者は若い作者で勘違いも甚だしく、

*6 大岡信—詩人、評論家。詩集『記憶と現在』、評論『紀貫之』『詩人・菅原道真』他。（一九三一—二〇一七）

*7 岡井隆—歌集『斉唱』『土地よ、痛みを負え』『鵞卵亭』『宮殿』他。（一九二八—）

*8 吉本隆明—詩人、評論家。『言語にとって美とはなにか』『源実朝』『初期歌謡論』他。（一九二四—二〇一二）

*9 嶋岡晨—高知県生まれ。詩人。（一九三二—）

*10 上田三四二—歌人、評論家、小説家。歌集『黙契』『鎮守』他。（一九二三—一九八九）

てんでなっていない、と斬る。兄貴分として居直るでもなく、訓戒を垂れるでもなく、なにしろ不機嫌そうな様子が文面に出ている。

　ぞつとして背青くなりぬ昔見し眼が木深くも伺ひゐれば

　南海の孤島にきしみ朽ちてゆく蓋骨のなかわが弟のこゑ

　がむしやらに生きて行かうと決めた日にまた花が来る草花が来る

　一首目は暗い過去が突如現在の亀裂に現れて愕くところ。[*11] 重い二首目は、戦死した義弟を悼んでいる。たとえば南方に散った兄弟を虚構として詠んだ「前衛短歌」世代の春日井建の作品とは、文脈を区別して読まねばならない。死亡した身内の弔いは済ませたが、儀礼だけでは割り切れないものが心中にくすぶっているようだ。その熱が、沈黙の後になお歌を詠ませるのである。吹っ切れたような歌集末尾の三首目には、鬼の仮面を通過した者だけが体現できる、ある種の晴れやかさが覗える。

＊11　「ことごとに我を罵りをりたりしかののつぺらばうの顔思ひ出づ」といった歌も『白木黒木』に見られる。

38

葛城の忍海（をしみ）より畝傍飛鳥越え多武にのぼりし十一のころ

【出典】歌集『松杉』（平成四年〈一九九二〉七月）

わが故郷、忍海より畝傍（うねび）山や飛鳥を越えて、多武峰にも登った。あれは十一歳の頃であったなあ。

「私は奈良では一番遅くまで着物、そして下駄を履いていた。」と佐美雄は書く。「散歩は下駄に限る。この下駄は奈良下駄という。東大寺、興福寺など大寺の坊さんの履く下駄である。竹皮で編んだのを桐台に打った履きやすい二枚歯の下駄だ。坊さんのは鼻緒は白だが、私らは黒か茶色」。棟方志功[*1]は、これはいいと持って帰ったが、岡本太郎は目もくれなかった。「私はよく佐保（さほ）山を歩いた。」（「みささぎ道」『大和まほろばの記』）

＊1　棟方志功―青森市生まれ。版画家。斎藤史『魚歌』や前川佐美雄の選歌集『くれなゐ』等を装幀。（一九〇三―一九七五）

どこまでもずんずん歩いた。行程には古墳も多いが、すべてを陵守りが常時見張っている訳ではない。廃れ、破壊された古墳に胸を痛めたし、場所によってはお茶を出してくれるほど懇意になった陵守りもいる。

戦前と戦後ではずいぶん景色が変わった。

「戦後は鴻の池のへんを中心にして進駐軍[*2]将官の宿舎が建てられ、新しい道路がついたが、そのあとドリームランドができた。山はけずられ、土はならされた。バス道路が」開かれ、「山を断ちわり、市内へ通じるようにした。そこへ野球場ができた。会館やホテル、一万人を収容する体育館が建ったり、山はどんどんひらかれて学校もできている。もう戦前のおもかげは全くない」。好きだった寺社は大方人家にうずもれてしまった。

そんな歌人であったが、奈良を去る日がやってくる。

昭和四十五（一九七〇）年十二月五日、奈良を去り神奈川県茅ケ崎市東海岸南へ移り住んだ。西行が小夜の中山を詠んだ年齢に近い、六十八歳となっていた。高齢となって今後の生活や家族（孫）との生活を考えたということもあるだろう。後の項目（第40首）でも触れるが、佐美雄はこの引っ越しについて、「奈良とちがつてここには亡霊や怨霊がゐない。私は憑かれない」と

＊2　進駐—軍隊が他国に行き、そこにとどまること。「鹿の鳴く飛火野あたり草にゐて黒人兵士さびしき眼せり」（『捜神』）「朝ごとにとどとひびくは進駐軍が鹿を撃ちゐると我は知らずき」（『天上紅葉』）

書いているから、やむを得ず重い腰を上げたというより、どちらかというと進んで新天地へ向かうという気持ちも強かったのだろう。

[3]奈良はわれをつひに死なせて葬れり重くやはらかき草限りなく

[4]逃れえぬわが奈良すでに師走なる啾々と夜を怨霊（をんりやう）のこゑ

[5]夜逃げして奈良を去りしといへるらし三年（みとせ）過ぎたる春に聞きけり

伝統があるといえば聞こえはよいが、とかく古い土地でもあった。草原すらが己を葬るように靡き、歳末ともなれば積み重なる鬼の嘆きが聞こえるようだった。それにしても、夜逃げしたとまで囁かれていたとは――。日常に即した歌を詠む一方、年齢を重ね、作品に回想が入りこんでくる（「われは明治の少年なりし枕べの豆ランプの灯（ひ）ひとつ恋（こほ）しも」とは『天平雲』の作）。

[6]諫（いさ）められ母にいはれて鳥撃ちを思ひとどめき十九なりしか

おほちちに伴なはれ父のいのち神多賀に詣でし十三のころ

手を膝（ひざ）におきて坐ればはろけかり袴つけ「論語[7]」読みし幼日（をさなひ）

ほろびゆくつひの終りを守（まも）りあへずわが身をすらも幻（まぼろし）にしき

[8]この宮の無患子（むくろじ）を仰ぐすべり落ちて気を失ひしわれの十（とを）ごろ

『大和まほろばの記』の後記が書かれたのは昭和五十七（一九八二）年五月の

＊3　『捜神』収載

＊4　『松杉』収載

＊5　『天上紅葉』（未刊　全集第二巻）収載

＊6　『白木黒木』（一九七一年）角川書店収載

＊7　論語―中国、春秋時代の思想家孔子とその弟子の言行録。第28歌で引用した歌の「怪力乱神」とは、「述而第七」の「子は怪力乱神を語らず」―孔子は怪異や、非常な力や武勇伝、乱倫背徳のことや鬼神霊験のことについては、あまり語るところがなかった、という一節から。

＊8　『天上紅葉』収載

ことだが、そのときすでに、知己となっていた法隆寺、当麻寺、薬師寺、東大寺の住持らは世を去り、次世代の寺社も時代と同様変化を免れていないと慨嘆する。佐美雄はやむを得ず、いまや靴を履いている。

39

松の間の空青くして沈黙の久しきを砂の上の小扇

【出典】歌集『松杉』（平成四年〈一九九二〉七月）

堪えに堪えてきた。感情を抑え、言葉を絞り。松の合間にまだ青空は見える。ふと、砂上に小扇を認めた。平静で均整のとれた時空の、その要を。

『松杉』は没後刊行の歌集であるが、収録歌の制作順に並べ替えると、『捜神』の続きということになる。生前から、しばしば出版に億劫になったり不如意であることを嘆いてはいた。後半生の歌集を制作順に並べると、『捜神』『松杉』『白木黒木』と、三冊だけになる。沈黙とは、何よりもまず戦後の沈黙を指そう。そして歌集をまとめないという沈黙が続こう。けれども心持ちは澄んでいるのである。松の合間にではあるが、かつて見失ったこともある青空は見える。感情を堪え、言葉を堪えて、視線を落とすと砂上の小扇が目に入る。これこそ平静と、均整のとれた、申し分のない「短（みじ）か歌」の象徴であるだろう。「を」は詠嘆を表す間投助詞。第四句と結句の間には、それこそ悠久の沈黙がさし挟まれているようだ。掲出歌の前後の歌をみてみる。

出土（しゅつど）してすぐに色褪（さ）む平城（なら）の代（よ）のむかしの青葉ひとつ掌（て）にのす

*われ久にバイブルを読む肯（がへん）じ難き幾何（いくばく）かを憎み読みはかどらぬ

冬日さす樫の木の幹（みき）その心（しん）に眼（め）つむる神のごときものある

歴史的出土物である青葉は、現実そのものであるが、なんとはかないものであったことか。聖書こそ、現実の世界の大きな部分を律している物語であるが、なんと不可思議な記述や言動が記されていることか。冬の日なかに見つめる樫の木には人智を超えたものが感じ取れもする。

現実という確固とした不動のものがあって、宙に浮いた幻想が対置されるのではなく、ここに来てはもはや現実といっても幻といっても同じ土台にあり、同じように感官で捕捉され、かつまことに儚いものであるとの認識がうかがえる歌境である。

＊中国六朝時代、歴史家の干宝が編集した『捜神記』がある。神仙に関するもの、山川の神や土地神に関するもの、自然や動物に関する怪異な現象を集めた説話集で、狐や狸に化かされる話もある。歌でいうのは、新約聖書と思われるが、聖書を読みなずんだということは、『捜神』の出典に『捜神記』を前提とする必要性は高くなさそうである。「怪力乱神」をあえて取りこもうとするように、老樹や茸や鼠に過敏に感応する歌もあった『捜神』の、参考図書として挙げておく。

40

父の齢(とし)すでに幾つか越えぬると冬くらき井戸を覗きこみたり

【出典】歌集『白木黒木』〈昭和四十六年〈一九七一〉十二月〉

父の年齢をいくつか越えた。冬の日なか、くらい井戸をのぞきこんでみる、己の血筋をのぞきこむかのように。

井戸を覗くという行為には、いいしれぬ後ろめたさがある。不可解で無用な行為でもある。それでもひとは、そこに井戸があれば、覗いてみたくなる誘惑にかられるだろう。

ここでは、家なるもの、その家長である父にやみくもに反発していた青年期とは違う、壮年期以降の葛藤が詠まれている。父は息子を持ち、いつか突き放す。息子はしがみつき、やがて刃向かい、長い時をかけてまた父の肖像や面影と対峙する。祖父佐重良は、代々農林業を営んできた一族の長老であった。大地主で、佐美雄が通った小学校の敷地を寄付したのも祖父であった。佐美雄が十九歳の歳晩、隣家の失火により家屋は半焼してしまう。祖父は翌年二月に永眠してしまった。その春に佐美雄は上京し、東洋大学文学科に通っているから、祖父亡き後、父と膝をつめて話す機会も多くはなかったであろう。大正の終わり頃親族は没落し、昭和七年に父逝去のため佐美雄が奈良へ戻ったのは、先にも書いたとおりである。

祖父の時代とはうって変わり、うらぶれた父の晩節。他にも、春がすみの彼方に父のいのち神を拝したり、父が晩年を過ごした家にあわれを催す、といった歌が詠まれた。

われ死なばかくの如くにはづしおく眼鏡一つ棚に光りをるべし[*1]

死にぎははかくあるべしと氷雲(ひぐも)照る冬空の虹に眼を細めたり

佐美雄の長男、前川佐重郎は、戦後の歌集中において天文学に凝る少年として歌われていた。現代詩を書いていたが、父の没後、五十歳にして歌に復帰した。その第一歌集『彗星紀』に右の眼鏡の出てくる一首がある。

言挙げて独り入り組む父措きし眼鏡しづけくそらを映せり[*2]

＊1 『捜神』収載

＊2 『彗星紀』収載

41

いはけなき日よりわが知るふるさとの倭をぐなの山陵ここは

【出典】歌集『白木黒木』〈昭和四十六年〈一九七一〉十二月〉

私が育ったこの大和の地、すぐ近くに倭建の御陵があることを、おさな心にもわかっていた。それを誇りに思う。

歌集の標題が、日本史で誰もが知る時代の名を冠していたことは先に述べた。では、作品の中で、古典への言及や引用はどうであったかというと、直接的な言及も、本歌取りも、さほど多くはない。『春の日』では、「たたなづく」「はろはろ」「はつはつに」といった『万葉集』の語彙はみられる。掲出歌、「琴弾原」[*1]の詞書がある。釈迢空の遺歌集『倭をぐな』ももちろん意識している。いつであったか、春日大社の舞楽観覧の際間近で会ったことはあるが、そのときは「おめにかかったことがないので挨拶はしなかった」という（未完『大和まほろばの記』抄 全集三巻）。歌集には、山の辺の道

*1 琴弾原―御所市琴弾。『日本書紀』景行天皇四十年、日本武尊（倭建）が伊勢に葬られて後、白鳥となって陵より出で倭国を指して飛び、倭の琴弾原にと

に風が立つのは「やまとをぐな」が移動されているのだろう、とか、（地蔵が痣をとってくれなかったとの）迢空の打ち明け話を思い出す、という歌がみられる。

晩年の歌にも、幼少時を振りかえる作がしばしば詠まれる。時として、破壊的な衝動に見舞われるのも、古い土地、古い家が引き起こす感情であった。

国なかの村になまぐさき鯉を食ひ雲なびく葛城二上を見ぬ

庭石を動かしをるもこの家に火つけたくなる心堪へむため

『捜神』のあと、佐美雄自身の言葉で言うと、例のごとく「怠った」。なまけ癖である。歌は書いているので、充分な量があるのだけれど、歌はたまるばかりで編集が面倒になってくる。そうこうするうちに「手がつけられない。私は半ばあきらめてゐたのである」。

そこに、引っ越しという契機が到来した。奈良から茅ヶ崎への移住。「奈良とちがつてここには亡霊や怨霊がゐない。私は憑かれない。これを機会だと思つた。奈良を去るまでの最近数年間の作だけでも先にまとめようと思つた」（歌集後記）。

そうして成ったのが昭和四十年代前半の作を収める『白木黒木』*2である。

どまったという件をさす。白鳥は河内国を経て天に上る。御陵の比定には諸説ある。

*2 『白木黒木』は迢空賞を受賞した。佐美雄は迢空の面影に礼を述べる。「すると、あなたようお受けくださいましたね、とにやにやなされた。いえいえ、どう致しまして、このように感謝しておりますと掌を合わせると、朦朧と姿をおかくしになった。私の手には迢空賞があった。」（「短歌」昭和四十七年六月号）
昭和五十三年、「万葉植物園」と題する一連に、次の歌が──「園のなか歌碑たつ秋艸道人と釈迢空とわがつたなきも」（『天上紅葉』収載）。秋艸道人は歌人・書家の会津八一。

42

富人（とみびと）の番付（ばんづけ）をわが見てゐしがあはれなる春のしじみ汁食ふ

【出典】歌集『白木黒木』（昭和四十六年〈一九七一〉十二月）

長者番付を拡げ、世上にのぼる億万長者や金満家をつらつらと眺めていた。なにはともあれ、口にするしじみ汁は肺腑にしみわたることである。

美食のため窮乏したのではなかったであろうし、大食漢という風貌でもない。しじみ汁が胃にしみとおるように美味く、生きていることのあわれを実感するという歌には、確実に老いのテーマが含まれている。昭和四十四（一九六九）年の詠で、腰をくじいて伏せっているという歌に続いている。ガラス越しに庭の実を啄む鵯（ひよどり）を詠む姿勢は、正岡子規を彷彿させる。

かび臭きブルーチーズに胃弱きを養ひて我の冬をあるなり
夜半（よは）に覚（さ）めて背（せな）痛むなり神経か蔦づるしじにからめる如く

穴のなか風すうすうと吹きぬけて我のむなしき白き骨組み

脂っこいものが胃に重いとき、チーズで栄養を補給する。身体のたよりなくなった感覚を、むなしい白い骨組みという。ほかにも、ふるさと葛城を遠望するものの、眼がかすんで見えにくいといった歌が詠まれた。精神は若いままでも、確実に身体は老いる。仕事は充実していた。[*1]

懐事情については、同主題の歌を特に『捜神』から拾うことができる。貧窮をかこつ内容は、山上憶良の「貧窮問答歌」を想起させる。

[*2]かくわれは貧（ひん）の磔（はりつけ）にあひながらまたがらんとせり天の馬の上

朝焼けの雲朱き下に針とほす零落は今にはじまりしならず

かにかくにわれは勤を持たずして一生（ひとよ）過ぐらん冬日茫茫

佐美雄は、随筆執筆のため、時間をかけて奈良を歩き倒している。『大和まほろばの記』などが著された。その中で、勤め人たちが慌ただしく出勤するのを後目に、のんびりと漫遊していることを、いささかの気後れと共に、しかし幾分かは優越感も交えて、綴っている。文筆業として、何に気後れする必要もない「仕事」であるが、かつて「[*3]土性骨を入れかえて来い」と叱（しか）った身内の言葉が去来し、苦笑いを浮かべながらの散策ではあったろう。

*1 昭和五十（一九七五）年、歌人としての業績が顕彰され、勲四等旭日小綬章。『昭和万葉集』選者としての仕事も始まる。翌年、『前川佐美雄歌集』が限定千部で出版（五月書房）。収録歌は『捜神』前半の昭和二十八、二十九、三十年の、鬼百首をふくむ作品が精選されている。これに先立つアンソロジー『現代短歌大系』第三巻にも「鬼百首」を完全収録しているから、世評はどうであれ作者の思い入れは本気であった。昭和五十二年、現代歌人朗読集成の企画で『くれなゐ』抄二十首の自作朗読を録音もしている。

*2 『捜神』収載

*3 土性骨―「ど」は接頭語。性質・性根を強めて、またはののしっていう語。

43

朝なぎの海におりゆく風紋のまだみだれざる砂丘を越えて

【出典】歌集『天上紅葉』(未刊歌集『前川佐美雄全集 第二巻 歌集Ⅱ』)

朝凪の海まで今日も降りていこう。砂丘の風紋を乱さぬように、足取りのペースの乱れぬように。

引っ越し以前のことになるが、家族との生活にも変化があった。波瀾というほどではないが、波風は立った。実生活では孫の顔を見ることもできた。

妻すでに左腎を剔出(てきしゆつ)せられしとうなづきて我は葡萄食(た)うぶる[*1]

生まれ来ていまだ七日(なぬか)はたたなくに女児(をみなご)なればましてかなしき

みづからは老いしなどとは口せねど現実は確かに孫生れをる

ゐのししの曲芸を見てさびしかり音ひびく浄蓮の滝におりゆく[*2]

妻の手術が無事に終わり、一息つく瞬間。長女が思い出され、不憫さに涙

*1 『白木黒木』収載

*2 『天上紅葉』収載

を拭う一時。三首目は、言葉の上では斎藤茂吉の戦後の歌「現実は孫うまれ来て乳を呑む直接にして最上の善」を踏まえる。四首目、チャップリン[*3]を好んだように、よく笑う作者でもあったのだろう。ひとしきり笑ったあと、急にさびしくなる気分を詠んでいる。そんな時は好んで一人になった。

ふるさとの家出でて奈良の仮住(かりずまひ)およそ四十年たのしまずけり

われつひに故郷をのがれ出で来しと居然たり暗き冬海に向き

奈良と大きく隔たる土地での新生活。海が近く富士も見える家に住むことで何が変わったか。関東での生活は、次のような歌に垣間見られる。

へリ二、三いきなり空にやかましく松の花粉散る障子しめたる

冬の夜をしばしば目覚むいつの夜も東海道線はしりゐる聞ゆ

奈良にては見ともかなはぬ紅(くれなゐ)の夕焼けの富士が松の木の間に

益(やく)もなき歌つくりめがおそ夏のふる墓みちに老の汗垂らす

環境は静かではなかった。しかし、奈良では見られない風景や潮風が、古稀(七十歳)を目前にした歌人には刺戟(しげき)となった。時には、裏庭に残してきた大神(おおみわ)の白たんぽぽを思い出し、抒情した。

*3 チャールズ・チャップリンはロンドン生まれの俳優・映画監督(一八八九―一九七七)。そのパントマイムを生かした喜劇を、他のサイレント映画同様、佐美雄は早くから観ていたと思われる。『植物祭』では名前を詠みこんで歌にしていた(第4歌の本文参照)。次のような歌も――「世紀末的喜劇を愛するひとたちをわらへなくなつてわれも見てをる」「映写幕(スクリーン)にいつぱいに映(うつ)つた大きな掌(て)この恐怖症にみんな罹(かか)つてゐる」(二首目は『植物祭』増補改訂版)

44

鑑真[*1]が住職たりし寺に来て唐招提寺の信書をわたす

【出典】歌集『天上紅葉』（未刊歌集『前川佐美雄全集 第二巻 歌集Ⅱ』）

鑑真の本拠地まで海を越えてやってきた。唐招提寺からの信書を携えて。役目を果たすと、古い時代の使節ではないが、厳かに、恭しい心持になる。

現代の中国と日本の歌壇―近藤芳美や岡井隆が歌う視点を想起すれば、どこかで結びつく国名であるが、前川佐美雄と中国とは、一見、不思議な取り合わせに聞こえる。むろん日中戦争時のしがらみや悔恨が残っていなかった訳ではなかろう。しかし、歴史を鑑みれば、列島と大陸の距離、関係、文化交流は切っても切れない結びつきがあり、そう考えると、奈良を本拠地とした歌人であってみれば、中国を訪問してもさして違和感はない。

＊1　鑑真―奈良時代に渡来した唐の僧。七五三年来日。（六八八―七六三）

昭和五十八（一九八三）年、朝日歌壇・俳壇主催の旅に、歌壇講師として同行、上海、鎮江、揚州を六日間巡った。俳壇講師は山口誓子[*2]で、前川佐美雄は八十一歳になっていた。民間文化使節として、唐招提寺[*3]長老の信書を、鑑真和上ゆかりの大明寺に持参したというのが、掲出歌である。余計なことは一切さしはさむ余地がなく、緊張感と気負い、とにかく務めを果たしたという誇り、安堵が読み取れる。道によっては車椅子で移動した。

　上海よりとゆきかく行くいづくにも寺はあれども神はまさずき

寺院をいくつか目にし、訪問したようだが、神仏の存在を感じなかったと歌う。日本国内で、三輪神社や春日大社に詣でるときの気持ち、感じ方とおおいに違ったということだろう。空海や阿倍仲麻呂を想い、歌にした。

　二十五年の昔になりぬ歌やめて印度洋渡り航(ゆ)くべかりしも

　肺炎の兆あり高熱病みをれば空ゆく冬の旅をあきらむ

四半世紀経って、あり得た外遊を回顧するのは昭和二十八年の作。二首目は昭和四十九年の作であるから、機会を逃したのは一度ではないらしい。

中国への旅で、欧州へ渡る若い日の夢は幾分かでも取り戻せただろうか。

＊2　山口誓子―京都市生まれ。俳人。「凍港」「激浪」他。（一九〇一―一九九四）

＊3　唐招提寺を初めて訪うたのは大正十（一九二一）年、数えで十九歳の年だった。薬師寺に約三週間食客として滞在していた時である。金堂を美しいと思い、千手観音像に眼をみはった（『大和まほろばの記』）。戦後、同寺で歌会を開いたことがあり、鑑真の東征絵伝を閲覧し、写経も納めた。鑑真和上像は崇高で、拝していると涙が出た。

45

信濃より持て帰りきし榠櫨（からなし）が机（き）のうへに匂ふわが十二月

【出典】歌集『天上紅葉』（未刊歌集『前川佐美雄全集　第二巻　歌集Ⅱ』）

十二月。あれこれの思念が行き交う極月。旅先より持ち帰ったかりんが机上に芳香を放って、くさぐさの想いをいざなう。信濃の秋。鎌倉の冬。

『植物祭』の時代であれば、T・S・エリオット[*1]にならって、「四月はもっとも残酷な月」と呟いたであろう。海浜近くの家に老年を迎え、もろもろの思いが去来する十二月、それは佐美雄にとって特別な月なのであった。

まず、祖母の亡くなったのが十二月、次いで父の亡くなったのが十二月であった。「父倒る」の急報に、東京の生活を引き上げて帰郷したが、十日後に息を引き取った。その十日後には、母方の祖父が永眠した。半月ほどの間

＊1　T・S・エリオット――イギリスの詩人・批評家。アメリカから帰化。古典主義・主知主義の文学観を展開（一八八八―一九六五）。アメリカ出身だが欧州を遍歴し、二十世紀の新芸術運動に大きな影響を与えたエズラ・パウンド（詩人、一八八

に長男、喪主として二度葬儀をせねばならなかった。
　父が祖母の葬儀を執り行ったのは奈良へ移り住んで間なしであったから、奈良に加え、故郷の村にも戻って二度の葬儀をした。佐美雄はもう掛かり合いが薄いと考え、あえて二回することもないと考えたのだったが、すぐに芳しからぬ噂が立った。古い関係やしきたりをないがしろにする東京がえりの不孝者だというのである。すんでしまったことは仕方がないが、忌明けの法事を郷里でし、縁者の心はおさまったという。そして、歌の師も十二月に逝った。さらに言えば、真珠湾攻撃に快哉を叫んだのも、遠い十二月であった。

　うしろより誰（た）ぞや従（つ）き来（く）と思へどもふりかへらねば松風の道

　三島由紀夫をしのぶ会あれど風邪ひきて錦木の紅葉散るを見てをり

　十二月二日はわが師の信綱忌香を薫（た）き染（し）めつつしみてゐる

　海浜のレストランにゐてわれ何ぞにはかに悲し十二月八日

　三島由紀夫[*2]への言及は珍しい。三島の自決は十一月二十五日だが、十二月に近い。傘寿（八十歳）近くになって、同い年のアメリカ大使と同席したことを何度か歌にしている。戦後四十年を経て、歌人の心中で和解は成立していたのか、すでに迷いや戸惑いのニュアンスはみられない。

五―一九七二）に助言を得て仕上げた詩集『荒地』（一九二二）は二十世紀モダニズムを代表する前衛的な長詩（四百三十三行）。日本へは西脇順三郎、春山行夫らにより紹介される。

＊2　三島由紀夫―小説家。『仮面の告白』『金閣寺』『憂国』『豊饒の海』他。（一九二五―一九七〇）

46

この冬を国栖（くにす）[*1]びと漉きし新漉（にひす）きの障子紙張りて明るくは居る

【出典】歌集『天上紅葉』（未刊歌集『前川佐美雄全集　第二巻　歌集Ⅱ』）

障子を張り替えて新しい気持ちで新年を迎える。昔からの行事である。この明かりのもと、清浄な気持ちを保ちたい。

今日、年末恒例の伝統行事を守る家庭はどのぐらいの割合で残っているだろうか。おせち料理の準備から大掃除まで、新年を迎えるためにはまことに忙しい。障子の張り替えもそのひとつである。

元日にとどろく滝を見上げけり色心不二[*2]のさむき岩にゐて

春日社にまゐり来りて新年と白藤（しらふぢ）の滝の水音（みのと）聞きゐる

新しき年のはじめの初春の雪いやしけに降るわれは外（と）に出（で）ず

＊1　国栖―くにす、または、くず。記紀の時代、大和国吉野川上流に住む部族や土地をさす。

＊2　色心不二（しきしんふに）―肉体と心は一体であるという仏教の教え。

佐美雄は元日を迎えるたびに思いを新たにし、歌を詠む。『天上紅葉』では、毎年同じことの繰り返しに過ぎないようであっても、十年単位でみていくと、時間の循環というものが体感的に、毎年新鮮に感じ取られているということが見えてくる。三首目はもちろん、『万葉集』巻末の家持の歌[*3]、この雪のように吉事よ降り積もれ、という本歌の意を受けつつ、しかし寒いので私は家にこもっていますよ、と肩透かしのように続ける。鑑賞文「秀歌鑑賞」（全集第三巻）では、窪田空穂[*4]が四十代後半にまとめた歌集から「新しき年立つ今日を広き見む遠き望まむと家出でつわれ」を取り上げ、「むかしから新年言志という語がある。曲げて解する人はともかく、これはよい語だ。志はことばによって証だてるべきである」と述べていた。佐美雄が三首目の歌を詠んだのは、数え八十五歳になる昭和六十二（一九八七）年の元旦、最晩年である。年齢を重ね、なまけ癖が新年から出てしまった、といたずらっぽく詠んだという風に読んでも面白い。年末には銀座で転倒して骨折してしまった。翌年の次の一首が、最後の元旦の述志となった。

　この朝のわがうつしみの思ふことはるかなるかな夢多かれば

＊3　新しき年のはじめの初春の今日降る雪のいやしけ吉事　『万葉集』巻第二十　因幡守に任命され、正月一日因幡の国庁の宴でこの歌が披露された時、大伴家持は推定四十二歳。前川佐美雄は、戦後、疎開先から帰郷するまえに、家族を連れ鳥取砂丘や三朝温泉を訪れていた。因州紙の製紙を見学したり、宇部神社から、家持の歌碑をわざわざたずねている。四十三歳の晩秋であった。（『鳥取抄』上巻）。

＊4　窪田空穂―長野県生まれ。歌人、国文学者。「まひる野」「鏡葉」他。（一八七七―一九六七）

47

天空の奥どはすでに秋なれば高度をあげし飛行音澄む

【出典】歌集『天上紅葉』(未刊歌集『前川佐美雄全集　第二巻　歌集Ⅱ』)

飛行機の音が高く、澄んで聞こえる時期となった。天上の奥、目にはさやかに見えないけれども一足先に秋が来ている。

江戸時代、来航した蒸気船の衝撃はまず狂歌に詠まれた。正岡子規、森鷗外をはじめ近代以降、渡航経験を持つ歌人は少なくないが、乗り物へ特別な関心を払っていた歌人に葛原妙子がいる。

飛行機に搭乗して詠まれた短歌は意外に早く、[*1]斎藤茂吉らの詠草[*2]が有名である。視野の拡大が、文語定型詩の限界を意識させるとともに、口語と非定型が伝統詩である「短歌」にゆさぶりをかけたのだった。

＊1　昭和三(一九二八)年七月、北原白秋は十九年ぶりの帰郷の際、大阪朝日新聞社の航空機に搭乗し上空からの

前川佐美雄の場合、十代で汽車に乗って東京へ出た歌はみられたが、乗り物への関心は希薄だったようだ。欧州は見なかったが、旅は重ねてきた。冷厳に現実を見つめ、言葉を抑制する。想像力はいくら奔放でもかまわない。「天使の羽」の比喩は、自身がどこまでも地上にとどまるひとであることの証だった。空は、見上げるものであった。

松の間に懸垂しぶらんとしをるなりこの真昼われは心のうちに（昭49）

七階の病室の窓に根津の神の堂鳩が来て我をのぞきゐる（昭54）

われはいま何しをりけむ心には花の吉野の道たどりゐき（昭54）

しあはせにありたきものと願へどもさはたはやすく思ひかなはず（昭60）

窓のべに神のつかひの鳩が来て苦しむわれを慰むるごと（昭63）

八十代後半、骨折や肺炎での入院や転院が続く。歌誌では次々に特集が組まれ、業績は紛れもない。ある日、病室から、まるで見舞いに来ているかのような鳩を見返したのは七十代の折。最晩年にも、鳩がやって来る。若い時分にたびたび見失った青空はそこにある。『植物祭』刊行から六十年目の七月、前川佐美雄は他界する。*3 末期の眼には、うつし世には無用の歌が、天使の翼がきらめいて見えただろうか。

紀行文を執筆。長歌・短歌は『夢殿』上巻（昭和十四年）にまとめられる。

*2 昭和四（一九二九）年十一月、土岐善麿、斎藤茂吉、前田夕暮、吉植庄亮が東京朝日新聞社の飛行機に搭乗し、東京周辺を飛行、それぞれが口語と破調を用いた作品を書いている。同年の夏にはドイツの飛行船ツェペリン号も飛来している。

*3 前川緑の追悼歌。「つひに人も花見の列に加はりて霞の奥行く煙草を持ちて」

歌人略概観

明治三十六（一九〇三）年奈良県南葛城郡忍海村に、農林業を営む家の長男として生まれる。幼い頃から絵画と短歌に親しみ、十九歳にして佐佐木信綱主宰「心の花」に入会。東洋大学入学を機に上京、二科展で古賀春江のキュビスム絵画に感銘を受けたのが、後にモダニズムに傾倒する契機であった。卒業後、一旦帰郷するが文学の理想を捨てきれず再度上京、モダニズム短歌とプロレタリア短歌の新しい運動（新興短歌）の渦中で頭角を現し、昭和五（一九三〇）年『植物祭』の刊行でモダニズム短歌の代表的存在となる。同歌集の特色は、新興短歌が採用した自由律にあきたりず、あくまでも定型を守る創作態度を維持したところにある。二年後、父の急逝のため奈良へ帰郷、さらに二年おいて「日本歌人」を創刊。『大和』『天平雲』といった孤高の作品を世に送り出した。「アララギ」流の写生とは一線を画し、和歌の精髄を回復する「新古典主義」を掲げていたはずが、太平洋戦争が開戦すると熱狂的な時局詠が増え、結果的に無残な敗戦を迎えることになる。戦後、後続世代の猛烈な批判の的とされ、中央歌壇と敢えて距離をおく中、門下の塚本邦雄、山中智恵子、前登志夫ら俊英が続々と登場し、再評価の機運が高まる。『積日』は疎開経験の悲傷を短歌ならではの姿で歌いあげ、『捜神』には創作意欲と生きる意志を取り戻す過程が刻まれる。五十二歳で朝日歌壇選者に就任。『白木黒木』で迢空賞。写実ではない、精神の丈高さによる象徴表現を追求し続け、平成二（一九九〇）年に永眠するまで昭和という時代を歌い通した。没後、司馬遼太郎は、大和という土（くに）の霊に根ざした、比較を絶した詩魂と称えた。

略年譜

年号	西暦	歳（数え年）	佐美雄の関連事跡	歴史事跡
明治三十六	一九〇三	1	奈良県南葛城郡忍海村に出生	日露戦争前年
大正　七	一九一八	16	奈良県立農林学校林科入学	第一次世界大戦終結
十	一九二一	19	同校卒業。竹柏会に入会	ワシントン会議
十一	一九二二	20	東洋大学東洋文学科に入学、上京	ソ連成立
十四	一九二五	23	同校卒業。大阪の八尾市で約三カ月代用教員	治安維持法公布
十五・昭和元	一九二六	24	親族四家没落、坊屋敷に引越	
昭和　三	一九二八	26	新興歌人連盟、三カ月で解散	翌年、世界恐慌
五	一九三〇	28	『植物祭』刊行。年末腸チフス	ロンドン会議
六	一九三一	29	『短歌作品』創刊	満州事変
七	一九三二	30	父佐兵衛、永眠	五・一五事件
九	一九三四	32	『日本歌人』創刊、主宰に	前年、日本は国際連盟脱退

十二	一九三七	35	同人の野沢緑子と結婚	前年、二・二六事件
十三	一九三八	36	長女生誕、五日目に死亡	国家総動員法
十四	一九三九	37	次女生誕。選集『くれなゐ』	第二次世界大戦勃発
十五	一九四〇	38	『新風十人』に参加。歌集『大和』	日独伊三国同盟締結
十六	一九四一	39	歌集『白鳳』。『日本歌人』廃刊	対米英開戦
十七	一九四二	40	歌集『天平雲』	
十八	一九四三	41	歌集『春の日』、『日本し美し』長男佐重郎生誕。義弟、戦死	イタリア降伏 学徒出陣
十九	一九四四	42	末弟佐香司、肺結核のため永眠	学童集団疎開
二十	一九四五	43	歌集『金剛』。鳥取県丹比村に疎開	太平洋戦争終結
二十一	一九四六	44	鳥取より奈良へ帰郷。歌集『紅梅』評論集『短歌随感』。『オレンヂ』創刊	農地改革、日本国憲法公布
二十二	一九四七	45	増補改訂版『植物祭』、歌集『寒夢抄』、『積日』	第二次農地改革始まる
二十三	一九四八	46	母久菊、永眠	米ソ冷戦激化

二十五	一九五〇	48	『日本歌人』復刊。歌集『鳥取抄』	朝鮮戦争、警察予備隊
二十九	一九五四	52	「鬼」百首発表。朝日歌壇選者に就任	原水爆禁止運動盛り上がる
三十九	一九六四	62	歌集『捜神』	東海道新幹線
四十五	一九七〇	68	神奈川県茅ケ崎市に転居	よど号事件
四十六	一九七一	69	歌集『白木黒木』。翌年、迢空賞	沖縄返還協定、中国国連加盟
六十四・平成元	一九八九	87	日本芸術院会員となる	
平成 二	一九九〇	88	七月十五日急性肺炎にて永眠	東西ドイツ統一
四	一九九二		没後歌集『松杉』	ＰＫＯ協力法成立
九	一九九七		緑夫人永眠	
二十	二〇〇八		『前川佐美雄全集』全三巻完結	前年、防衛省発足

解説　「昭和を生き抜いた歌人（うたびと）」――楠見朋彦

昭和五（一九三〇）年、『植物祭』を刊行した後すぐに、もし前川佐美雄が渡欧していたらどうなっていただろうか。真っ先にパリを目指し、屋根裏部屋の狭い下宿はたちまち才気煥発の走り書きで埋め尽くされる。が、数カ月で東京生活の時のように都市の空気が重圧となって閉じこもりがちとなる。カフェで知り合った絵のモデルをしているパリジェンヌの介添えが功を奏し、原稿は全て破棄したうえで各地を転々とする旅に出る。見聞を広めるが、歌稿はさして捗らぬまま。滞欧中に何度も消息不明になり、夜の銀座で見かけたとか奈良の山林に現れたといった噂が流れる。国境をまたいで画商の真似事のようなことを営む傍ら、金策に奔走しなければならない日月をずるずると続けるうちに、欧州大戦の始まったベルリンで身動きがとれなくなってしまう。パリ帰還の夢を抱きつつも、ゲルマン神話に親和した古代憧憬の長歌を日本語の古語を駆使して量産するようになる。芸術表現の統制に抗して一時期筆を折るが、作品がエズラ・パウンドの目にとまりイタリアへ招かれる。日独伊三国同盟の締結は昭和十五（一九四〇）年のこと、文化協定に基づく親善行事の手伝い――日本の著名歌人への作品委嘱、歌曲や絵画の贈答、詩人ダンヌンツィオの墓参といった活動において日欧の橋渡し的存在となっていく。夜間は和歌の翻訳に勤しみながら、古代ローマの遺跡を新たな源泉として創作活動に没頭するも、敗戦後は永遠の都に留まって永遠の沈黙を貫くことになる。コスモポリタンの夢は醒めず…。

——以上は、近代短歌史を眺めているときに湧くさまざまな空想の一つであるが、実際には病気のため渡欧は断念されたのだった。第二次世界大戦中は、世界の芸術の都ではなく、古都奈良を自らのバックボーンとし、日本中心のきわめて時局的な歌に熱情を注いでいくことになる。その頃、盟友の石川信雄は中国大陸で軍務に就いていた。佐美雄が目指したのは国内の、銃後の日常に即した高潔な精神の在り様であった。およそ実務的ではなく、精神的な高みを謳おうとするのであるが、時局的な事象に即し過ぎているところが作品としては弱く、戦後の若い世代の非難の的となっていくのである。確かに、単純な戦争讃美ととれる歌はたくさんある。勝敗に関わりなく、戦争遂行に加担するかの讃美は一度出すと取り返しがつかない。この点に関しては、大きな代償を戦後に余儀なくされたとの言い方もできる。例えばナチス占領下のフランスで書いたドリュ＝ラ＝ロシェル然り、ファシズムに肩入れしたパウンド然り。前者は自死を選び（ルイ・マルの映画「鬼火」はその残影を追う）、後者はアメリカに送還されて入院させられる。本邦では戦後槍玉に挙げられ山小屋にこもった高村光太郎がよく知られるが、第二芸術論の渦中で短歌のみならず日本語にまつわる抒情性そのものに異議を唱えた小野十三郎にしても、戦中は「愛国百人一首」のアンケートに答えていたし、筋金入りのシュルレアリストのように見える瀧口修造でも、時局的な原稿を書いていたことが夙に指摘されている。日露戦争の際は弟の出征に異を唱えていた与謝野晶子にしてからが、晩年は選歌欄においても創作においても若者よ立派に国に尽くせと武運長久を祈る傾向を示し、童謡から象徴詩まで多ジャンルに多忙を極めていた北原白秋は、そうであるからこそ、自身で分類するところの「国民歌」や「軍隊歌」にも「国民詩人」としての気魄を漲らせていた。これらはもちろん時代背景抜きでは語れず、その時期のみを切り取ってそれ以前の生き方や作品を否定したり拒絶することもまた早計であるといわねばならない。ノンポリティカルな態度を徹した物書きとして金子光晴や永井荷風を挙げ得るとしても、超然とした態度を維持できるだけの恒産なり蓄財は誰にでもあるわけではない。時代は飛躍するが大伴家持でも藤原定家でもまず官人としての務めがあった。家持が、没後に起きた藤原種継暗殺事件の責任を問われ、名誉回復するまで除名され、一切の家財を没収されていた時期について、今日でも触れられることは少ない。生活し、かつ表現するということは、精神論や理屈一辺倒では通らぬ混沌をはらむものだ。

前川佐美雄の場合はどうであったか。昭和十五年『新風十人』参加から矢継ぎ早にまとめられる歌集刊行は年譜でみていても圧巻である。作歌は戦争が激化する以前から継続されていたものであるけれども、もろびとが、歌人たちがこぞって記紀万葉の原点としての奈良を称揚するような雰囲気において、しかも「大和」や「白鳳」や「天平」といった標題を掲げた歌集が、いかに全国の読者を惹きつけたか、本当のところ今日では想像するのも難しいのではないか。佐美雄も寄稿している『奈良百佛』（久野健編　昭和四十六年）の編者はあとがきで次のように述べている——「われわれ第二次大戦中に大学生活をおくったものは、兵隊に行く直前に、奈良をおとずれることが多かった。近くに死のまちうける青年にとって、仏像との対話ほどふさわしいものはなかったのである」。

ともかく、戦争には敗れた。歌人は「ぬけがら」となった。疎開生活を含む戦中戦後の彷徨、戦後のバッシング、農地解放による私財の消失、『日本歌人』復刊までの激動の道のり、加うるに長男を得、弟と母を喪うのもほぼ四十代に起こった出来事となる。本文鑑賞でも見るように、すでに不惑（四十歳）前には青春回顧や肉体の衰えを気に掛けるなど、いささか病弱で、いわゆる働き盛りの中年壮年という感覚とはずれるが、その歌人の生涯のなかでもっとも面白いのは紛れもなく四十代である。作品歴と一生を俯瞰すると、二十世紀をフルタイムで生き切った、長生した昭和の大歌人と呼ぶことにほとんど異論はないだろう。昭和の大歌人の本領は、知命（五十歳）から発揮されるのである。

ただし、歌集はあまり出なかった。鷹揚（おうよう）でもあり、佐美雄の言葉を借りれば、しばしば怠った。収録歌千首を超える戦後の歌集『捜神』が刊行された時、歌人は還暦を越えていた。六十代の終わりにもう一冊、『白木黒木』をまとめているが、以後、数え八十八歳で亡くなるまで、歌集というかたちで作品を世に問うことはなかった。歌碑はいくつも建立されている。歌碑とは記念でもあるが、ステイタス（地位）の誇示でもある。若き日の佐美雄が、自分の歌の師の歌碑を薬師寺に建てるため奔走したという逸話は随筆でも語られ、興味深い。いくつ歌碑があるかで歌人の重要度、ランキングが測られるようなところがある。そうであるからこそ、一つであればともかく、佐美雄が複数の歌碑を刻み建立したことを、私は理解できないでいる。歌は「はかなく、たよりないもの」（本文第15歌）で、「天使の羽のようなもの」（本文第28歌を参照）であるならば、歌碑はもっとも地上的で、融通の利かない金塊である。高尚な詩魂と、世俗的な里程標を残そうとすることの矛盾。歌集ごとに「豹変」した歌人と歌の魅力は、いささかもゆるがないけれども。

さて、本書の鑑賞では、その生涯を展望して作品を紹介するというバランスを調整するため、掲出した歌は必ずしも代表作とは限らない。本論で捉えきれなかった作品を挙げてみる。

切支丹ウルガン伴天連の殺されし茗荷谷に住む友を訪はむとす　『春の日』
砂浜に目も鼻もないにんげんがいつごろからか捨てられてあり　『植物祭』
白ばらのやうな少女が隣りあひ昨日からわれの歌にうたはる　『白鳳』
はろかなる星の座に咲く花ありと昼日なか時計の機械覗くも　『大和』
英霊にぬかふすときし声絶えてわが身をのぼる寒の夕やけ　『天平雲』
まがなしき世にありて何もまだ知らぬわが子の声のとほる冬空　『寒夢抄』
敗戦を悔む少女らの前に来て然らざるゆゑを説く日ぐれまで　『紅梅』
やぶれたる国に秋立ちこの夕の雁の鳴くこゑは身に沁みわたる　『積日』
われを独り取り残し苑の暮れたれば千入の紅葉闇掻きさぐる　『捜神』
屋根の上を我は恐るる夜半の雨踏みはづし黒馬落ちはせぬかと　『白木黒木』
凝胤と朝々われのいただきし薬師寺の茶粥忘れかねつも　『天上紅葉』

それぞれの歌に、読者は、本文鑑賞で掲げた歌とはまた違った印象を受け、意外な感興を催すかもしれない。『植物祭』巻末の一連から引いた一首は、文明の果ての光景のようである。『白鳳』の歌は、腸チフスで入院中とみられる一連にある。『捜神』の一首、何度も染料に浸して染め上げる意味の「ちしほ」の紅葉の闇は、歌人がかつて体感した「万緑」と表裏一体をなす。最晩年の一首では、上京前に薬師寺で過ごした知己（管主の橋本凝胤）との思い出を振りかえる。西洋詩のエスプリ、新古典主義、時局詠、疎開と生活詠、懶惰と沈黙、鬼百首、滅びと幻、老いと枯淡――長生したとはいえ、確かに変転の日月であった。

さらに、前川佐美雄が戦後新聞に連載していた鑑賞文から、次のような和歌を抜き出してみると、（特に戦後の）作品の背後に、思いのほか古典が脈打っていたことに気づかされる（表記は任意による）。

士やも空しくあるべき万代に語り継ぐべき名は立てずして　山上憶良
わが盛りまたをちめやもほとほとに奈良の都を見ずかなりなむ　大伴旅人
うつせみは数なき身なり山川のさやけき見つつ道を尋ねな　大伴家持
山鳥のほろほろと鳴く声きけば父かとぞ思ふ母かとぞ思ふ　行　基
年暮れてわがよふけゆく風の音に心のうちのすさまじきかな　紫　式部
暁のゆふつけ鳥ぞあはれなるながきねぶりをおもふ枕に　式子内親王
大空は梅のにほひに霞みつつくもりもはてぬ春の夜の月　藤原定家
今や夢昔や夢とまどはれていかにおもへどうつつともなき　建礼門院右京大夫

七十余歳にして、「男子たるもの立派な功名を立てず、むなしくこの世を終わるべきものであろうか」と嘆いた憶良。「若い時代はもはや戻らず、もう都を見ずに終わるのではなかろうか」と大宰府で嘆息した旅人。病に伏して無常を悲しむ家持。伝行基の歌を、巧拙を絶した、永久不変の歌と佐美雄は称える。歳末の夜更け、わが身を呪うかの憂悶を歌に書きつけた物語作家の素の顔。無明長夜の世にも夜明けを告げる鶏のあわれ。定家の月夜は、明ならず、暗ならず、朧朧として情趣だけが象徴的に詠われている。式子内親王の一首は学者や歌人が何といおうと傑作だと佐美雄は断言し、定家の一首ほど完璧で高尚な朧月夜の歌は後にも先にもないと嘆賞している。夢かうつつかと惑うのは、源平合戦の浮き沈みを経験した女性ならではの悲哀。物によらず心を心だけで歌う難しさを佐美雄は評する。従来、「象徴」という語は用いられるものの、『新古今集』に親しみ、『玉葉集』も評価した佐美雄像はどのくらい論じられてきただろうか。次のような歌は語彙上の類似に留まるまい。

一年(ひととせ)をながめつくせる朝戸出に薄雪こほるさびしさの果て　定家
二階より雨降る庭に灯を差し向け夜ひとり見をり虚(むな)しさのはて　『捜神』

読書案内にも述べたように、ここ二十年以上前川佐美雄についてのまとまった新著は刊行されていない。全集三巻の完結が十年前になるので、本格的な研究はこれからまた出てくるはずである。

切り炭の切りぐちきよく美しく火となりし時に恍惚とせり

『捜神』の巻頭歌で、従来代表歌の一つとして鑑賞されてきた一首である。前川佐美雄は、筆者の祖父母よりもさらに上の世代にあたる。祖父母に戦中戦後の話はよく聞かされてきたものの、炭の火の清さ美しさを「実感」と共に鑑賞するのはやさしくない。「人間」の「運命」の行く末を見据えていた詩魂は、電子機器と情報の溢れる世の中に何を視るだろうか。

※本書鑑賞文は制作順によるが、刊行順と共に一覧表を付す。

［刊行順］

第１歌集『植物祭』（一九三〇）素人社書屋のち靖文社
第２歌集『大和』甲鳥書林（一九四〇）
第３歌集『白鳳』ぐろりあ・そさえて（一九四一）
第４歌集『天平雲』天理時報社（一九四二）
第５歌集『春の日』臼井書房（一九四三）
第６歌集『日本し美し』青木書店（一九四三）
第７歌集『金剛』人文書院（一九四五）
第８歌集『紅梅』臼井書房（一九四六）
第９歌集『寒夢抄』京都印書館（一九四七）
第10歌集『積日』札幌青磁社（一九四七）
第11歌集『鳥取抄』山陰観光旅行普及会（一九五〇）
第12歌集『捜神』昭森社（一九六四）のち短歌新聞社文庫
第13歌集『白木黒木』角川書店（一九七一）
第14歌集『松杉』短歌新聞社（一九九二）

［制作順］（収録歌数）

『春の日』７７５首
『植物祭』５７４首（増補改訂版は７０５首）
『白鳳』４１０首
『大和』５５０首
『天平雲』７１０首
『日本し美し』６１８首
『金剛』６５３首
『寒夢抄』５１０首
『積日』５００首
『鳥取抄』６３０首
『紅梅』２４５首
『捜神』１１８９首
『松杉』５９７首
『白木黒木』６４９首

読書案内

前川佐美雄の著作はほぼ絶版状態であるが、砂子屋書房版全集三冊によって歌のほぼすべてと随筆のエッセンスを読むことができる。文庫版の歌集や、奈良をめぐる紀行文、古典にはじまる秀歌鑑賞等は、残念ながら古書か図書館で探すしかない。

『歌集　捜神』前川佐美雄　短歌新聞社　一九九二

歌集一冊をそのまま収める文庫シリーズ。解説は塚本邦雄。「捜神」は筑摩書房の「現代短歌全集　第十五巻」にも完本収録。解説は大岡信。

『前川佐美雄』三枝昻之　五柳書院　一九九三

出生から晩年までを評伝形式でたどり、昭和を通じての短歌・歌壇において、要所に必ず楔を刺す前川佐美雄の姿勢を丹念にたどり、昭和の大歌人として再評価を決定づけた。

『前川佐美雄』伊藤一彦　本阿弥書店　一九九三

百首鑑賞シリーズの一巻。「謎の多い歌人」の生きた昭和という時代を背景に置き、その「天上志向の精神」の動きを時間を追って探る。従来語られることの少ないユーモアの面にも照明をあてる。

『絢爛たる翼　前川佐美雄論』鳴上善治　沖積舎　一九九六

前川佐美雄に師事していた著者が、風土や鳥獣虫魚といったテーマ別に作品を鑑賞する。

『前川佐美雄　清水比庵』（新学社　近代浪漫派文庫39）　新学社　二〇〇七
歌集「植物祭」「大和」と「短歌随感（抄）」を収める。解説はない。戦前の代表的歌集二冊が文庫サイズで読める。「植物祭」は筑摩書房の「現代短歌全集　第六巻」にも完本で収載されている。解説は岡野弘彦。「大和」は同八巻所収。解説は塚本邦雄。ただ一つの信ずべき撰者とは、「時間」であると記す。

『前川佐美雄全集』全三巻　砂子屋書房　二〇〇二―二〇〇八

【著者プロフィール】

楠見朋彦（くすみ・ともひこ）

歌人、作家。

1972年大阪府生まれ。

2011〜2018年まで神戸新聞文芸小説欄選者を務める。

1999年『零歳の詩人』（集英社）ですばる文学賞。同作と『マルコ・ポーロと私』（集英社）、「小鳥の母」で芥川賞候補に選ばれる。

長編小説『釈迦が寝言』（講談社）、『ジャンヌ、裁かるる』（講談社）。

2010年『塚本邦雄の青春』（ウェッジ文庫）で前川佐美雄賞。

歌集『神庭の瀧』（ながらみ書房）。

評論集『グレーの時代　3・11から1・17へ』（短歌研究社）。

前川佐美雄（まえかわさみお）

コレクション日本歌人選 072

2018年11月09日　初版第1刷発行

著者　楠見朋彦
著作権継承者　前川佐重郎
装幀　芦澤泰偉
発行者　池田圭子
発行所　笠間書院

〒101-0064　東京都千代田区神田猿楽町2-2-3
電話03-3295-1331 FAX03-3294-0996

NDC分類911.08

ISBN978-4-305-70912-7

組版：ステラ　印刷／製本：モリモト印刷

コレクション日本歌人選　第Ⅰ期～第Ⅲ期　全60冊！

第Ⅰ期　20冊　2011年（平23）2月配本開始

No.	書名	よみ	著者
1	柿本人麻呂	かきのもとのひとまろ	高松寿夫
2	山上憶良	やまのうえのおくら	辰巳正明
3	小野小町	おののこまち	大塚英子
4	在原業平	ありわらのなりひら	中野方子
5	紀貫之	きのつらゆき	田中登
6	和泉式部	いずみしきぶ	高木和子
7	清少納言	せいしょうなごん	坏美奈子
8	源氏物語の和歌	げんじものがたりのわか	高野晴代
9	相模	さがみ	武田早苗
10	式子内親王	しょくしないしんのう（しきしないしんのう）	平井啓子
11	藤原定家	ふじわらていか（さだいえ）	村尾誠一
12	伏見院	ふしみいん	阿尾あすか
13	兼好法師	けんこうほうし	丸山陽子
14	戦国武将の歌		綿抜豊昭
15	良寛	りょうかん	佐々木隆
16	香川景樹	かがわかげき	岡本聡
17	北原白秋	きたはらはくしゅう	國生雅子
18	斎藤茂吉	さいとうもきち	小倉真理子
19	塚本邦雄	つかもとくにお	島内景二
20	辞世の歌		松村雄二

第Ⅱ期　20冊　2011年（平23）10月配本開始

No.	書名	よみ	著者
21	額田王と初期万葉歌人	ぬかたのおおきみ しょきまんようかじん	梶川信行
22	東歌・防人歌	あずまうた さきもりうた	近藤信義
23	伊勢	いせ	中島輝賢
24	忠岑と躬恒	みぶのただみね おおしこうちのみつね	青木太朗
25	今様	いまよう	植木朝子
26	飛鳥井雅経と藤原秀能	まさつね ひでよし	稲葉美樹
27	藤原良経	ふじわらのよしつね（りょうけい）	小山順子
28	後鳥羽院	ごとばいん	吉野朋美
29	二条為氏と為世	にじょうためうじ ためよ	日比野浩信
30	永福門院	えいふくもんいん（ようふくもんいん）	小林守
31	頓阿	とんな（とんあ）	小林大輔
32	松永貞徳と烏丸光広	ていとく みつひろ	高梨素子
33	細川幽斎	ほそかわゆうさい	加藤弓枝
34	芭蕉	ばしょう	伊藤善隆
35	石川啄木	いしかわたくぼく	河野有時
36	正岡子規	まさおかしき	矢羽勝幸
37	漱石の俳句・漢詩		神山睦美
38	若山牧水	わかやまぼくすい	見尾久美恵
39	与謝野晶子	よさのあきこ	入江春行
40	寺山修司	てらやましゅうじ	葉名尻竜一

第Ⅲ期　20冊　2012年（平24）6月配本開始

No.	書名	よみ	著者
41	大伴旅人	おおとものたびと	中嶋真也
42	大伴家持	おおとものやかもち	小野寛
43	菅原道真	すがわらみちざね	佐藤信一
44	紫式部	むらさきしきぶ	植田恭代
45	能因	のういん	高重久美
46	源俊頼	みなもとのとしより（しゅんらい）	高野瀬恵子
47	源平の武将歌人		上宇都ゆりほ
48	西行	さいぎょう	橋本美香
49	鴨長明と寂蓮	ちょうめい じゃくれん	小林一彦
50	俊成卿女と宮内卿	しゅんぜいきょうじょ くないきょう	近藤香
51	源実朝	みなもとのさねとも	三木麻子
52	藤原為家	ふじわらためいえ	佐藤恒雄
53	京極為兼	きょうごくためかね	石澤一志
54	正徹と心敬	しょうてつ しんけい	伊藤伸江
55	三条西実隆	さんじょうにし さねたか	豊田恵子
56	おもろさうし		島村幸一
57	木下長嘯子	きのした ちょうしょうし	大内瑞恵
58	本居宣長	もとおりのりなが	山下久夫
59	僧侶の歌	そうりょのうた	小池一行
60	アイヌ神謡ユーカラ		篠原昌彦

篠　弘

●伝統詩から学ぶ

啄木の『一握の砂』、牧水の『別離』、さらに白秋の『桐の花』、茂吉の『赤光』が出てから、百年を迎えようとしている。こうした近代の短歌は、人間を詠みうる詩形として復活してきた。しかし、実生活や実人生を詠むばかりではなかった。その基調に、己が風土を見つめ、豊穣な自然を描出するという、万葉以来の美意識が深く作用していたことを忘れてはならない。季節感に富んだ風物と心情との一体化が如実に試みられていた。

この企画の出発によって、若い詩歌人たちが、秀歌の魅力を知る絶好の機会となるであろう。また和歌の研究者も、その深処を解明するために実作を始められてほしい。そうした果敢なる挑戦をうながすものとなるにちがいない。多くの秀歌に遭遇しうる至福の企画である。

松岡正剛

●日本精神史の正体

和泉式部がひそんで塚本邦雄がさんざめく。道真がタテに歌って啄木がヨコに詠む。西行法師が往時を彷徨して寺山修司が現在を走る。実に痛快で切実な組み立てだ。こういう詩歌人のコレクションはなかった。待ちどおしい。

和歌・短歌というものは日本人の背骨であって、日本語の源泉である。日本の文学史そのものであって、日本精神史の正体なのである。そのへんのことはこのコレクションのすぐれた解説を読まれるといい。

その一方で、和歌や短歌には今日のメールやツイッターに通じる軽みや速さや愉快がある。たちまち手に取れるし、目に綾をつくってくれる。漢字・旧仮名・ルビを含めて、このショートメッセージの大群からそういう表情をぞんぶんにも楽しまれたい。

コレクション日本歌人選　第Ⅳ期

第Ⅳ期　20冊　2018年（平30）11月配本開始

61	高橋虫麻呂と山部赤人	たかはしのむしまろとやまべのあかひと	多田一臣
62	笠女郎	かさのいらつめ	遠藤宏
63	藤原俊成	ふじわらしゅんぜい	渡邊裕美子
64	室町小歌	むろまちこうた	小野恭靖
65	蕪村	ぶそん	揖斐高
66	樋口一葉	ひぐちいちよう	島内裕子
67	森鷗外	もりおうがい	今野寿美
68	会津八一	あいづやいち	村尾誠一
69	佐佐木信綱	ささきのぶつな	佐佐木頼綱
70	葛原妙子	くずはらたえこ	川野里子
71	佐藤佐太郎	さとうさたろう	大辻隆弘
72	前川佐美雄	まえかわさみお	楠見朋彦
73	春日井建	かすがいけん	水原紫苑
74	竹山広	たけやまひろし	島内景二
75	河野裕子	かわのゆうこ	永田淳
76	おみくじの歌	おみくじのうた	平野多恵
77	天皇・親王の歌	てんのう・しんのうのうた	盛田帝子
78	戦争の歌	せんそうのうた	松村正直
79	プロレタリア短歌	ぷろれたりあたんか	松澤俊二
80	酒の歌	さけのうた	松村雄二